食魔

谷崎润一郎

[日] 坂本葵　著

邱香凝　译

中国大百科全书出版社

知识出版社

图书在版编目（CIP）数据

食魔：谷崎润一郎 /（日）坂本葵著；邱香凝译
. -- 北京：中国大百科全书出版社，2021.7
ISBN 978-7-5202-1025-6

Ⅰ. ①食… Ⅱ. ①坂… ②邱… Ⅲ. ①谷崎润一郎（
1886-1965）- 文学研究 Ⅳ. ① I313.065

中国版本图书馆 CIP 数据核字（2021）第 152455 号

SHOKUMA : TANIZAKI JUNICHIRO by SAKAMOTO aoi
Copyright © SAKAMOTO aoi 2016
Original Japanese edition published by Shinchosha Publishing Co.,Ltd.
Tokyo
This Simplified Chinese translation rights arranged with Shinchosha
Publishing Co.,Ltd. Tokyo
through LEE's Literary Agency
This Simplified Chinese translation rights © 2021 by Encyclopedia of
China Publishing House Co., Ltd.
著作权合同登记号 图字：01-2021-3840

出 版 人	刘国辉	
图书策划	李默耘	
图书统筹	程 园	
责任编辑	王云霞　汪　婷	
责任印制	吴永星	
出版发行	中国大百科全书出版社	
地　　址	北京市西城区阜成门北大街 17 号	
邮　　编	100037	
网　　址	http://www.ecph.com.cn	
电　　话	010-88390739	
印　　刷	太原日报传媒集团有限公司	
开　　本	889 毫米 ×1194 毫米　1/32	
字　　数	112 千字	
印　　张	8	
版　　次	2021 年 7 月第 1 版	
印　　次	2021 年 8 月第 1 次印刷	
定　　价	68.00 元	

前 言

"说说你都吃些什么，我就能试着说出你是什么样的人。"这句话是《美味的飨宴》（1825年）法国作者萨瓦兰（Brillat-Savarin）的著名格言。

现在这个时代，市面上多的是好吃的食物、美食资讯与店家，只要有那个意思，谁都能轻易自称老饕或美食家。

各位听说过被誉为世界美食家鼻祖，距今两千多年前的古罗马人阿皮基乌斯吗？

繁华的罗马帝国有来自世界各殖民地的丰富多样的食材，阿皮基乌斯正是活在那个时代的罗马厨师。一本据说由他撰写的食谱，因记载了奢侈得超乎常理的饮食生活而留名青史。这个男人为了享受奢侈的食物散尽家产（即使如此，手头仍有能维持生活的钱），因此再也无法随心所欲地品尝美食，从而陷入绝望，亲手了结自己的生命。

"有谁能与这位堪称世界最早的美食家一较高下？"脑中浮现这个念头时，我第一个想到的是谷崎润一郎。

谷崎润一郎因《痴人之爱》《春琴抄》《细雪》等众多名作而闻名，是日本近代文学史上的文豪之一。这样的他其实也是位称得上"食魔"①的惊人美食家，虽说不像阿皮基乌斯那样以自杀收场，但取而代之的是不断地吃，甚至到了面目狰狞的地步。同时，他也以冷酷的眼光持续凝视这样的自己。从为了吃而赌上人生这点来说，谷崎润一郎应该足以媲美那位传说中世界最早的美食家。

---

① "食魔"这个词在广辞苑或日本国语大辞典中都查不到，不过，出现这个词的出版物，最早可回溯到大正时代的报纸（《读卖新闻》1918年7月7日早报），提到演员村田正雄（第一代）一人轻松吃光两人份西餐时，便以"有名的食魔"来形容他。此外，冈本加乃子的美食小说更直接取《食魔》为名，书中以北大路鲁山人及巴黎的爱德华·尼农（Edouard Nignon）为蓝本，描写厨师对食物异于常人的热情（讽刺的是，加乃子虽对兄长大贯晶川的朋友谷崎极为推崇，谷崎却从未给予她的文学作品任何好评，甚至嫌弃她的长相及人格到了残酷的地步）。如上所述，不管站在吃或煮的立场，"食魔"或许都能解释为"宛如被食物附身的人"。

谷崎伟大的地方在于将自己实际人生中的"饮食"诸相，升华为富有艺术性的文学作品。包括前面提到的代表作，若要从谷崎创作的所有小说和随笔等文学作品中拿掉"食"的元素，那是几近不可能的事。

在谷崎润一郎的文学生涯中，穷极奢侈的美食不但是不可或缺的东西，也是他理想中"人性"的重要元素。本书以文豪实际品尝过的饮食生活及饕餮美学为前提，尝试彻底分析谷崎全作品中多姿多彩乃至豪华绚烂的饮食印象。换句话说，这是一本打算"吃遍"谷崎润一郎的书。

笔者也是个执着于吃的人，从以前到现在，每读谷崎的小说便沉浸在"看起来好好吃"的乐趣之中，对谷崎文学与"饮食"的关联始终很感兴趣。不过，令我动念将这份兴趣转化为一本书的原因，乃是于谷崎殁后五十年的2015年，在神奈川近代文学馆举办的"谷崎润一郎展——绚烂物语世界"。

我参加了限定对象的观览会，会后筵席上摆出美妙的料理与甜点，其中包括一道"阴翳礼赞风柿叶寿司"。

在谷崎的随笔作品《阴翳礼赞》发表的食谱中，就有这道吉野的传统押寿司。在文字中读过无数次的食物，现在不但实际出现在自己面前，还能用自己的舌头品尝味道，真是无可比拟的新鲜有趣体验。

我忍不住幻想起来——哎呀，要是谷崎文学中那些耳熟能详的料理都能实际端上餐桌该有多好！如果能重现《美食俱乐部》里至高无上的全席大餐！

那该会是多么不可思议又多么撼动人心的美食飨宴啊。

这么一想，我就像被染上了美食狂热一般，开始调查起"谷崎与饮食"，并动笔写下初稿。好不容易才将那些仿佛无论怎么写也写不完的内容整理成这本书。

在此说明本书的概要。

首先，第一章的"谷崎文学及其饮食哲学"，将论及支撑谷崎文学中关于美食的思想根本。比方说"对吃的一股执着""品尝美食时要抛开性感美貌或潇洒时髦的外表"等，都是谷崎式的美食哲学精髓。对谷崎来说，吃好吃的东西不只是不可或缺的享受，更是生而为人确保骄傲与尊严的必备行为。存在于其根柢的是支撑生命的性本能，以及对最爱母亲的爱慕与乡愁。

第二章"阅读美食小说"将解读的是谷崎最具代表性的美食小说《美食俱乐部》。小说描述在"料理是艺术的一种"信条下，只以追求美味料理为生存价值的"美食俱乐部"会员们。某天，G伯爵在浙江会馆目睹了一群中国人不可思议的飨宴……追求快乐到了极点，抵达的终点竟是禁欲主义。

第三章"料理百花缭乱"中，分别从日本料理、中华料理、西洋料理、肉、鱼料理等类别考察饮食诸相。探究谷崎视为至高无上的中华料理的魅力，再回归日本和食之美。身为地道江户人的谷崎评比东西方美食的结果是什么？对西洋的崇拜与西餐生活之间的关系是什么？透过这些探讨，相信还能一窥近代日本发展的状态与所面临的文化问题。

除了那些令人垂涎三尺的美食描摹，作者笔锋一转，写起"难吃的食物"也是一绝，令人作呕的食物跃然纸上。事实上，"好吃"与"难吃"乃表里一体，两者之间只有一纸之隔。第四章"恶心的食物"将探讨谷崎文学中关于饮食的另一面——看起来难吃的、病态的，令人生理上难以接受的，时而散发死亡气息的负面描写。贪食、成瘾、呕吐、毒药、春药、难以下咽或禁忌的食物、酩酊大醉、排泄、SM……令人不忍卒读的各个项目。若是忽略这些恶心的食物，将连谷崎作品一半的魅力都无法理解。

第五章"谷崎润一郎·食魔生涯"着重于其散文、日记与书信，从明治时代的幼年时期到昭和时代的晚年时期，全面贴近谷崎真实的饮食生活。他在何时、何地，和什么人以什么样的方式吃了什么？愈是拆解手边的资料，愈是感叹文豪无论任何时代都持久不衰的旺盛食欲、对饮食的过人好奇心，以及强韧的生命力。其中最引人注目的焦点，是在太平洋战争中避难乡间的时期，谷崎家的饮食生活仍丰盛得令人不敢相信时值战争。到了这个地步，早已超越奢侈或任性的次元，说他是"美食教"最虔敬克己的"苦行僧"也不为过。

透过谷崎润一郎这一介作家的饮食美学和吃相，我们看到的是人类最根本的样貌。面对谷崎这个为吃倾其一生热情的作家，我们不妨也试着尝遍他的文学作品，尝尽作品中的味道，踏入他所达到的终极之生境界。那么，一起来开动吧。

坂本葵

目　录

• 本书部分引文内容以现代观点看来并不适切，即使如此，仍站在尊重文学、历史价值的立场予以原样保留，请见谅。

• 谷崎润一郎及周遭人物的年龄以虚岁计算（出生时即算一岁，其后每过一次新年增长一岁）。

第一章

谷崎文学及其饮食哲学

Ⅰ 美食是艺术

料理般的谷崎文学

"我至少三天就得吃一次美食，否则无法动手工作。美食是我日常生活必备的条件。"(《上方的食物》，1924年)

对谷崎的生涯与文学而言，美食是不可或缺的要素。以一名食欲旺盛的美食家自豪的他，无论和食、中华料理或西餐造诣均深，积极走访众多著名餐厅，吃尽所有能吃到的美食。自称"食魔"的谷崎，在中华餐馆举行餐会发生火灾时，唯独他没有逃离，坐在位子上怡然自得地吃。即使上了年纪仍夸口"猴子擅长爬树，老先生我擅长吃"。生命中充满关于吃的小插曲。

在乌托邦小说《金色之死》(1924年)中，有这么一段文字："建筑和服装都是艺术的一种，为何只有料理称不上艺术。难道味觉上的快感不是一种艺术吗？"一如此文，谷崎素来视美食为艺术。在真实生活中，谷崎将贪恋的美食升华为文学，除了美食小说《美食俱乐部》（1919 年）外，作品中散见各种描绘豪华绚烂食物的场景。三岛由纪夫曾这么说：

> 谷崎的小说给人的第一印象就是"美味"。既如中华料理，又如法国料理，用尽讲究的烹调手法，淋上不惜花费时间与精力制作的酱汁，端上餐桌的是平常看不到的珍贵食材，兼顾丰富营养，令人陶醉恍惚，进入涅槃的境界，充满生之喜悦与忧郁，同时提供活力与颓废，不仅如此，其精神亦不与身为大生活家的常识相抵触。（三岛由纪夫：《日本文学全集 12·谷崎润一郎集》，河出书房新社，1966 年）

如此，三岛由纪夫将谷崎的文学本身评为"具有料理性质的"。

执着于食物的哲学

然而，请勿因此将他想象为穿着潇洒的服饰去高级法国餐厅，或在时髦的酒吧里一边喝酒一边发表俗气绅士的言论，那样典型的老饕或美食家，千万别将他想得这么装模作样。"品尝美食时要抛开性感美貌或潇洒时髦的外表，牛饮马食才能尝得美味。"（《西餐之事》，1924年）

没想到吧，谷崎说过这样的话。他的美食观正好与高尚品位背道而驰。

谷崎的美食观虽不附庸风雅，但也从无算计或欺瞒。换句话说，享用美食时不被品牌或权威牵着鼻子走，也不沉浸于"身为饕客的我很帅"的这种自我陶醉，更不是为了受到女性"知道这么多美味的店，老师好厉害"的恭维（多多少少可能有一点），只是想尽情吃美味的食物罢了。

谷崎美食的根源是"对吃的执着"。以浅草为背景的未完长篇作品《鲛人》（1919年）中，就曾用了好几页篇幅分析那令人联想到作者本身的主角服部，是如何沦为"执着于食物的奴隶"的。他深知自己的低贱与贪婪，那么，又是为何无法放弃对食物的贪婪呢？

什么东西是值得依靠的——是了，这世上不可能有那种东西，如果真的有，也只会是这一瞬间的"饱足感"。食物扎扎实实存在于自己体内的感觉，没有什么比这更可靠的了吧？富翁的财产和学者的知识，都无法像这样明确地以沉甸甸的重量回应身体，为自己所拥有！疑心病再重的人也不可能怀疑吃下的食物存在于胃袋之中的事实！

换句话说，世上唯一能证明自己活着且毋庸置疑的事物，那就是食物，为了拥有确定自己活着的感受，所以才要吃。笛卡儿说"我思故我在（Cogito ergo sum）"，谷崎则是"我吃故我在"。这难道不是一套堂而皇之的饮食哲学吗？

谷崎绝不只是为了单纯的欲望而吃。尽管沉溺于美食之中，他总是退一步审视对食物执着的自己，无论那是丑恶或是滑稽，甚至也用批判的眼光凝视人类"吃"的业障。尽管日后成为大作家，年轻时的他也曾穷困，尝过饥饿的滋味。再者，不同于粮食过剩的现代，当时贫富差距巨大，有很多贫民只能上卖饭馆剩菜的"残饭屋"吃饭。在这样的时代中，耽溺美食的惊愕与罪恶感之强大，肯定非现代人所能想象。即使如此，谷崎仍发自内心地坚持吃美食、写小说。

追根究底，追求快乐是一件不可思议的事，变本加厉追求到最后，却会走向"禁欲的境界"。

"Epicurean"这个单词，现在多半解释为"享乐主义者"、"好奢侈享受的人"或"美食家"，其实它原本指的是信奉伊壁鸠鲁的人。和现在的解释正好相反，古希腊哲学家伊壁鸠鲁认为，虽然最大的善即是快乐，也是人生的目的，享尽奢侈却无法让我们获得真正的幸福，相反地，"只要有水和面包，我们就能获得与神媲美的幸福"。大力提倡只单纯追求欲望的满足，就能逃离各种苦痛，达到"灵魂安宁（Ataraxia）"的境界。

既不是古代哲学家也不是求道者的谷崎，实际上虽然过着讴歌美食飨宴的人生，思想却在三十四岁写下《美食俱乐部》时，就已达到体悟终极的美食形态即是"禁欲"的境地。

Ⅱ 食物的原生风景

对食物的怨念很可怕

谷崎为什么终其一生，对"吃"这件事会如此执着呢？解开这个谜团的关键在于他的少年时代。

明治十九年（1886 年），谷崎润一郎出生在日本桥的一个富商人家。小时候过着丰衣足食的生活，身为长男的他更在无微不至的呵护中成长，直到父亲事业失败，家道中落。因家贫之故，就读府立第一中学时，以寄居生兼家庭教师的身份住进经营筑地精养轩的北村家工读。

即使身为难得一见的秀才，每天还是必须过着为了无聊小事跑腿，在主人面前哈腰鞠躬的生活，对谷崎润一郎来说没有比这更屈辱的事了。过去的自己明明也是个受尽奶妈与女仆伺候的少爷。

除了这样的不甘心之外，对少年时代的谷崎来说，最大的怨念还是在于食物。半工半读的他，吃饭只能配腌萝卜或鹿尾菜煮油豆腐等简陋的菜色，相较之下，经营高级饭店与餐厅的北村家人则享尽了各种美食。三餐就不用说了，连点心都极尽奢华。

哎呀，真是羡慕得无法自已。好想饱尝那些看起来非常美味的食物——冷眼旁观主人们的餐食，正值发育时期的少年满脑子总想着这件事，脑中除了食物还是食物。

> 那种时候的羡慕与妒恨，几乎要让人落下泪水。
>
> 后来之所以培养出超乎常人的食欲，成为一个老饕，或许和当时的经历萦绕胸中久久不去有关。（《宛如当世鹿》，1961 年）

在谷崎后来写的随笔文章中，有着上面这么一段自述。与其说是"对食物的怨念很可怕"，不如说谷崎似乎怀有异于常人的执着心。

吃是人类尊严的一种

谷崎将自己穷学生时代的种种，巨细靡遗地写在自传式小说《神童》（1926年）与《鬼面》（1926年）中。在这里，他对食物的描写不只是丝丝入扣、面面俱到，更有象征上的意义。家道中落的自家与富裕的北村家之间的贫富差距，以及随之而来难以言喻的屈辱感，谷崎将之直白地透过饮食生活的落差呈现出来。

由于寻常食物已无法满足主人夫妻刁钻的舌头，每到晚餐时刻，这家人的厨房总化身为外烩厨师料理的场所。有时和准备炸天妇罗就得大费周章、花掉母亲阿牧半天时间的自家相比，春之助更加感慨每天吃下那些前所未见、精心炮制食物的主人家过的是多么穷尽奢侈的生活。（《神童》）

这里描写的正是北村家的厨房风景，另一方面，主角贫穷的老家则是：

即使饿着肚子从这里徒步走回浅草的老家，也吃不到一顿能暖和身体的像样晚餐。不是茶泡冷饭配酱煮鰕虎鱼，就是只有豆腐和小芋头做的炖菜，顶多能吃到盐渍鲑鱼。还得听着哭哭啼啼的父亲和冷言冷语的母亲吵架的声音，在冷清的家里度过灰暗寂寞的冬日长夜。(《鬼面》)

19世纪英国作家萨克雷（William Makepeace Thackeray）的小说《乱世儿女》（*The Luck of Barry Lyndon*）描述农家子弟奋斗向上，与伯爵夫人结婚后又失意没落，经历荣耀与悲惨的一生。美国导演斯坦利·库布里克于1975年将其拍成电影。电影中，主角巴里·林登为普鲁士警察做卧底，以仆从身份住进一位名叫巴里巴里的骑士的宅邸中。其中，令主角改变心意的瞬间正是一幕早餐场景，给人留下深刻的印象。主角被一边优雅地享用早餐一边阅读文件的巴里巴里骑士身上散发的威严打动，对自己身为同乡却干着卧底勾当感到窝囊，忍不住在主人面前痛哭起来。

谷崎的自传式小说中一再描述饮食的贫富落差，和这位巴里·林登的眼泪或有共通之处。按照前面引用过的萨瓦兰名言"说说你都吃些什么，我就能试着说出你是什么样的人"，食物与人格确实有着密不可分的关系。正因为如此，才会那么不甘心。因为安于穷酸的食物就是一种屈辱，除此之外什么都不是。对谷崎而言，好好享用美味的食物并非可有可无的奢侈享受，而是维护一个人的自尊不可或缺的行为。

在《女人神圣》（1917 年）中，主角由太郎痛骂在肮脏食堂中吃着穷酸食物的住宿生们为"一群野兽"，仿佛他们是一群连人也不如的动物。

那么如果动物比人的地位还高会如何？这就是《猫与庄造与两个女人》（1936 年）的故事了。谷崎用一家人的晚餐不着痕迹地描述人与猫的地位颠倒。在这个家庭里，主人公庄造对妻子的喜恶视若无睹，依据爱猫的喜好决定晚餐菜色。名叫莉莉的猫津津有味地吃着酱油醋渍小竹荚鱼或新鲜的沙丁鱼，猫的食物是如此新鲜活跳，饲主吃的却是无滋无味的寒酸菜肴。妻子福子流着眼泪说"人家讨厌被跟畜生相提并论"，展开一场与前妻品子之间的激烈心理战。

不能被迫吃自己不想吃的东西，得好好凭自主意识吃美味的食物。吃什么、怎么吃，都要靠自己自主决定。对谷崎来说，做到这一点才能证明自己是个体面的人。

到现在还不认为自己是个凡人。无论如何都觉得自己拥有天赋。只要对自己真正的使命有所自觉，赞颂人间之美，歌咏飨宴，自己真正的天赋定会发光。

《神童》最后，主人公这么下定决心——"要成为一个伟大的人"。这样的野心和"吃美味的食物吃到满足"的执着，在谷崎心中紧密相连，成为驱使他不断前进的引擎。

恋母、"想吃天妇罗"

谷崎另外一个对食物执着的原点，来自对母亲的恋慕与乡愁。

谷崎的母亲原是出身富裕商家的千金，对美丽母亲的幻想，大大影响了贯穿谷崎文学基础的"女性崇拜"

及"恋母情结"。

在思念亡母的《恋母记》(1919年)中，谷崎以幻想式的笔触描写"我"在梦中回到少年时代，闻到某户人家飘出熟悉的味噌汤和烤秋刀鱼的香气，因而受到吸引。"啊，是母亲正在烤我最爱吃的秋刀鱼，肯定没错。"一心这么认为的少年走进那户人家，却看到蹲在灶旁煮饭的只是一个乡下老太婆。

"妈妈、妈妈，是我啊，是润一郎回来了啊。"这么对她一说，老太婆就用嘶哑的声音回应，说自己等儿子回来已经等了十几二十年，才不认识你这个小毛头。确实，自己美丽的母亲也不可能是这形容枯槁的老太婆，既然如此，母亲又会在何方？因为"我"从刚才肚子就饿得受不了，少年拜托老太婆给点东西吃，却被她赶了出去。

少年为寻找母亲而徘徊夜路时，忽然听见远方传来三味线的声音。那和自己幼年时，在乳母怀中听到的戏曲乐音一模一样。乳母总是说，那声音听起来像"好想吃天妇罗、好想吃天妇罗"。循着"好想吃天妇罗、好想吃天妇罗……"的声音往前走，月光下出现一个弹着三味线、仿佛仙女一般的女人。这人不是别人，正是少年的母亲。

多么充满乡愁的梦境啊。"好想吃天妇罗"这一段，在谷崎的随笔文章《我出生的家》（1921年）中也曾提及。描述自己少年时代每次听到三味线的声音，就会这么想："父亲与母亲还会疼爱我到什么时候？""等我长大，一定会被送到别人家工读吧？""若这睡得香甜的婆子在年轻时就死了的话——"就像这样，总是陷入悲伤消极的思绪中。

不做菜的母亲，煮饭的父亲

然而，在此若轻易认定"谷崎最爱也最怀念的，是母亲亲手做的菜"，这想法虽然不算大错，但也不甚正确。为什么这么说呢？在那个时代，中等以上家庭雇用女仆是天经地义的事，煮饭打扫等琐事多半交给女仆去做。因此，若先入为主地抱着昭和后期才有的"母亲一人掌厨"或"家的味道＝老妈煮的菜"的观念，与实际的情形恐怕会产生一些落差。事实上，直到谷崎家陷入穷困之前，他的母亲连一次厨都没有下过。

不忍曾是千金小姐的妻子承受辛苦，代替她炊煮早饭的是谷崎的父亲。若以当时"君子远庖厨"的观念来看，这绝对不是一件普通的事。小说 The Affair of Two Watches（1911 年）和《异端者的悲哀》（1917 年）中，都曾以这样的父亲为蓝本描绘作品中的父亲角色。

前述《恋母记》中虽也提到秋刀鱼和味噌汤等香气引发乡愁，但做菜的老太婆却并非母亲，真正的母亲是个宛如仙女一般的女人。这一点非常重要。后者毫无现实感，显然是作者理想中的母亲形象。

> 母亲以喜悦颤抖的声音这么说着，将我牢牢抱在怀中，伫立不去。我也拼命攀住她不放。母亲怀中散发甘美温暖的乳房香气……

《恋母记》尾声的这段描述，将少年的一切心愿浓缩其中。他希冀的是美丽的母亲给自己充满爱的拥抱，想要感受的是母亲乳房的香气。说得更具体一点，他是想喝母亲的奶。与之相比，料理是不是母亲亲手所做，其实就没那么重要了。

Ⅲ 愈坏的人愈能吃

恶女"食物论"

谷崎笔下的女主角们，以对母亲的倾慕与理想为基础诞生于世。

提到谷崎作品中的恶女、妖妇型女主角，任谁最先想起的都是那位"日本洛丽塔"——《痴人之爱》中的奈绪美吧？此外，还有《卍》中的光子，宛如小恶魔的她，无论男女都难逃其魅力，终至走向毁灭。《刺青》中，从天才刺青师手中获得新生的罕见毒妇、《春琴抄》中骄纵无礼的盲眼琴师春琴……说谷崎作品的妖艳魅力都浓缩在这些光彩夺目的恶女身上也不为过。

从"吃"的观点来看这些恶女，也能找出颇具兴味的共通之处。那就是，她们全都"很能吃"，也都不亲自下厨。

或许有人会对这种说法感到疑惑。毕竟，"不下厨的女人"就不用说了，"大胃王""老饕"等形象，和妖艳的恶女相去甚远，甚至可说具有破坏妖艳想象的要素。

料理研究家福田里香在《无业游民总袭击餐桌》（太田出版，2012年）中，将电影或戏剧中有关"吃"的场景的常见形式，作为"食物理论"来考察。根据福田的分析，食物理论成立于以下三点：①善人总是津津有味地吃东西；②身份不明的人不吃东西；③恶人总是糟蹋食物。原来如此！确实是令人恍然大悟的简明法则。

然而，谷崎作品似乎完全无法套用这一法则。不，别说无法套用，谷崎作品里的世界观根本就是"愈坏的人吃得愈多"。

从文学史的角度来看，这种世界观也属异端。希腊神话里的美狄亚、《南总里见八犬传》里的玉梓、《危险关系》里的梅黛夫人、麦克白夫人、玛侬·雷斯可、卡门、莎乐美……从世界文学或戏曲作品里声名远播的恶女们身上完全看不到牛饮马食、大口吃喝的行为。谁能想象在宴会上吃个不停的莎乐美呢？

少数的例外之一，是《金瓶梅》的女主角潘金莲。这部小说对饮食描绘巨细靡遗，时而冗长到令人烦躁的地步。西门庆与潘金莲这对身处贪得无厌欲望世界的男女在小说中吃个不停。

谷崎文学中食量惊人的恶女们，可说和潘金莲属于同一谱系。不过话虽如此，能从潘金莲或孙雪娥身上感到妖艳耽美魅力的读者可不多吧。相较之下，谷崎作品中的女主角们却是兼顾了乍看之下不可能共存的食欲与妖艳要素，这是因为她们不只表面上贪吃，同时也是抽象象征着贪婪的存在。

来看看谷崎二十五岁时的成名作《刺青》吧。天才刺青师清吉为了找到能供自己雕入精魂的美女肌肤，一直不断寻求理想中的女人。终于让他遇到有着一双白皙美足的女人。隔年如愿重逢时，发现对方是个胆小又畏缩的女孩。然而，清吉看穿了女孩身上的毒妇气质，把一幅描绘女人在樱树下欣赏男人尸骸、名为"猎杀"的画拿给女孩看，再以药物麻醉女孩，花了一天一夜的时间在她背上雕上巨大的黑寡妇蜘蛛刺青。女孩醒来后像是变了一个人，对清吉说："你就是我第一个猎杀的对象。"文末，谷崎如此描述——"女人默默点头，褪去衣物露出肌肤，此时朝阳照在刺青上，背部发出灿烂光芒"。

不言而喻，刺在女孩背上的黑寡妇蜘蛛，象征的正是结好大网等待猎物的邪恶残忍的捕食者。日本各地传说中有个名为"络新妇"①的妖怪，能化为美女之姿猎杀活人吸食鲜血，再变成巨大的蜘蛛精。透过艺术家（刺青师）之手，美丽的姑娘成了贪婪的捕食者，就像交配后吞食公蜘蛛的母蜘蛛，女孩也将清吉当作第一个"猎杀的对象"。

由上可知，即使没有对饮食的直接描写，《刺青》仍毋庸置疑地成为一部"食小说"。妖艳与食欲同时在作品中得以成立。

吃东西的坏女人奈绪美

《痴人之爱》里的奈绪美不仅是坏女人的代名词，

---

① 发音同女郎蜘蛛。——译者注

同时还是个食欲旺盛的贪吃女人，自己不做菜也就算了，吃完也不收拾餐具，吃得乱七八糟，堪称邋遢女主角的代表。

精英技师让治看上在浅草咖啡馆工作的少女奈绪美，将她带回家，后来更娶她为妻。奈绪美最爱吃的东西是牛排。"一客牛排吃完又来一客牛排，喜欢吃牛排的她几乎可以一次轻松扫光三盘牛排"，奈绪美就是这么喜欢吃肉，并且拥有旺盛食欲，简直就像一只饿着肚子的肉食兽。肉食与游泳使少女奈绪美长成一副外国女性般丰满的肉体。

奈绪美仗着让治迷恋自己，尽情过起任性妄为又奢侈的新婚生活。收入优渥的让治一个月的薪水是不合常理的一百五十圆①（根据新潮文库细江光氏的批注，当时新任公务员的薪水是七十圆、银行行员是四十圆、巡警是十八圆、小学老师的薪水则是十二到二十圆。让治即使工作七年，领此高额薪水也属异常，据说是没有工作经验的谷崎不熟悉月薪行情，做了异常高额的设定）。

---

① 据史料记载，日本的货币源自中国古代的圆形方孔钱，最早可追溯于秦代。明治时代（1912 年）后，逐步废除了日式银圆。——编者注

即使如此，每月还是有超过一半的薪水被奈绪美挥霍在饮食上。她自己不下厨，连做饭都嫌麻烦，不是请料理亭送餐，就是找外送。让治下班回家看到"厨房到处都有餐厅的外送盒或西餐厅的容器散落""脱下的衣服随手乱丢，吃到一半的食物也不收拾，触目可及之处尽是吃得乱七八糟的碗盘和喝到一半的茶杯，穿脏了的内衣和缠腰布……每天回家看到的都是这些东西"。看不下去的让治抱怨："奈绪美，你又点了外送吧！"

奈绪美也不当一回事：

"因为只有我一个人在家，只好叫外送啊，下厨做菜太麻烦了。"

这样说着，故意躺在沙发上闹别扭。

一到月底，面对鸡肉店、牛肉店、日本料理店、西餐厅、寿司店、鳗鱼店、甜点店、水果行送来的催款单，让治也只能头痛。

奈绪美并非从一开始就是这么奢侈又叛逆的女孩。在咖啡厅当服务生时，刚认识让治的奈绪美才只有十五岁。他问奈绪美想吃什么，她也曾回答"不，什么都不想吃"。两人刚开始在大森的小洋房里同居时——

"六点半了噢——今天早上我煮饭给你吃吧？"

"是噢？昨天是我煮的，今天让治煮也行。"

"真拿你没办法，那就让我来煮吧。还是觉得麻烦，不如吃面包就好？"

"咦？好啊，不过让治你好狡猾噢。"

这是一段仿佛年轻夫妻轮流煮饭的对话。当时两人的饮食生活还很简单，米饭配罐头，或是面包配果酱、牛奶，有时也吃荞麦面或乌龙面果腹。宠坏奈绪美，让她习惯过奢侈生活的其实是让治自己。

很快地，奈绪美背叛了丈夫，异性关系愈来愈开放，这一点在作品中也透过"吃"来表现。两人前往银座的咖啡厅参加舞会，奈绪美立刻勾搭上名叫滨田及熊谷的两个年轻男人，硬是要让治请他们喝饮料。

"水果鸡尾酒？"那是我从未听过的饮料，为什么奈绪美会知道这种东西，真是想不通。

"鸡尾酒，那就不是酒啰？"

"不会吧，让治竟然不知道那是什么——算了，小滨、小熊你们听听，这人就是这么粗俗。"

鸡尾酒当然是酒，奈绪美不但说服了让治请喝酒，最后还和年轻男人们跳舞去了。"我只能看着他们三人的背影，直到不见人影。独自对着侍者端来装着汽水、威士忌和所谓'水果鸡尾酒'的四个杯子，茫然望着热闹的舞池"。

后来，滨田和熊谷甚至住进了位于大森的让治家，奈绪美像个娼妇般和男人们发生着毫无节操的关系。站在水果鸡尾酒这"从未听过的饮料"前茫然自失的模样，象征的正是妻子任意出轨也不知情、戴了绿帽而不自知的可悲的让治。

后来，连外遇对象滨田也被奈绪美抛弃，于是他向让治坦承一切，书中二度描写两个遭女人背叛的男人相互安慰的场景，有趣的是，两次都在吃饭喝酒中进行。担心在西餐厅桌旁的谈话被其他客人听见，两人第一次去的是大森海岸一间名为"松浅"的日式料理店（附带一提，根据当时的导览书《三府及近郊名胜名产介绍》记载，松浅的店主是"这一带的名人"）。第二次去的是"川崎小镇上的某牛肉店"。吃着"咕嘟咕嘟"的牛肉锅，两个男人彼此感叹奈绪美是个多么可怕的女人。

奈绪美、奈绪美——两人不知反复唤了这个名字多少次，仿佛把这名字当成下酒小菜。他们用舌头舔着，宛如那是比牛肉更美味的食物，吞下唾液，再用双唇流利吐出这名字的发音。

《痴人之爱》中虽无直截了当的性爱描写，但透过饮食比喻的方式，反而色情得令人倒抽一口气。

饱暖思淫欲的恶女们

除了《痴人之爱》的奈绪美，谷崎笔下食欲旺盛的恶女多得不胜枚举。

生于大阪富裕药商鸠屋家的女儿春琴（《春琴抄》），

就是这样的女人——"在当时的妇女中是个惊人的美食家，亦稍许嗜酒，每日晚酌必喝上一合①之多"。姑且不论食量，她对食物要求品项众多，准备起来大费周章。失明的春琴的引路仆人佐助煞费苦心为她蒸鲷鱼肉、剥虾蟹壳，把香鱼的骨头小刺挑得干干净净。然而，这位令人伤脑筋的姑娘在人前却又要假装自己是个小鸟胃，为了表现高雅的气质而装模作样。

不过，春琴的性格虽然有令人难以苟同之处，却是一位为琴三弦（和琴与三味线）技艺赌上性命的音乐家。挥霍美食等令仆人烦不胜烦的缺点，若视为"艺术的养分"似乎也能获得原谅。

另一方面，谷崎作品中也有只贪恋美食却无任何技艺的女人，那就是《女人神圣》的主角由太郎、光子兄妹的母亲。身为投机商人泽崎之妻的她，"裁缝也好、料理也罢，她总有自己的一套歪理，什么事也不去做"，整天只想着过吃饱睡、睡饱吃的生活。

肚子一饿，就算丈夫不在家，也会擅自叫自

---

① 中国古代计量单位，一合约等于 0.1 公斤，十合为一升。编者注。

己喜欢的东西来吃。中午是吃玉秀的鸡好呢，还是吃菊水的鸭好呢，不如叫难波屋的甜炖菜吧，脑子只为了这种事烦恼，一早起来就只想着吃。下午茶的时间一到，不是叫人送甘泉堂的红豆汤，就是滨町的福住丸子或三桥堂的年糕饼来，抢在孩子们前自己先吃，红豆汤一次可以喝两三碗，年糕饼一次可以吃五六个。"一天也好，真想当一当我们家的太太"，也难怪家里的侍女都这么羡慕她。

这位母亲本身只是配角，虽然自甘堕落但还不到恶女的程度。只是，继承了母亲放纵气质的美少年由太郎，在成长过程中可就充分发挥了"坏女人"的功力。捉弄迷恋自己的模范生少爷滨村，一个名叫巴的艺人也为他付出许多（这是谷崎作品中少见的男男恋爱关系）。《女人神圣》可说是谷崎版的《美德的不幸》及《邪恶的喜乐》，哥哥由太郎后来潦倒没落，妹妹光子则嫁入良家，享尽荣华富贵。

时代小说《谋杀阿艳》（1915 年）里的致命女人阿艳，虽是出身当铺骏河屋的千金小姐，却有着"巾帼不让须眉"的性格，好吃、嗜酒、淫荡三者兼备。

三餐都要吃鳗鱼或斗鸡等奢侈食物，三天请家里的年轻跟班们吃一次饭。晚上，贴心的清次总会在带吃的来时，用不老练的手势一边接过盛着剑菱热酒的铫子，一边不输男人地一口气喝干。烂醉的夜晚，阿艳总热情得令人怀疑她是否已疯狂，熊熊燃烧的热情也煽动了身体的欲望，不让男人好好睡上一觉。

还有悬疑风格的长篇小说《黑白》（1928 年）中，从德国回来、答应成为主角情妇的女人，人称"兴登堡小姐"的她也是个酒量惊人（嗜喝威士忌与干邑白兰地）、食欲旺盛（爱吃黑麦面包与德国香肠）的时髦女孩。一方面从事打字员的工作，一方面以多名男人的情妇身份获取金钱，过着固定于星期几的几点到几点和谁见面的生活。

食欲旺盛的女人风流多情？

另一个例子，是在谷崎创作早期不太有名的中篇小说《热风吹拂》（1913 年）中登场的春江与英子。两位女主角都是食量令人傻眼的大胃王。春江会盯着吃干抹净的餐具花枝乱颤地笑自己"我吃得真是连自己都惊讶的多"。英子则是除了早中晚三餐外，还"整天吃着冷饮、冰激凌、草莓、凤梨、夏蜜柑等多得数不清的东西，嘴角永远没干过"的女人。最令人感兴趣的，莫过于以下这段描写。

根据末松的判断，"食量大的女人多半宛如脱缰野马般放荡不羁，可见天真烂漫的英子也不可靠"。这么说来，春江的食量也大，辉雄想起她不时因吃得太饱而拍着侧腹的痛苦模样。

很显然，作品中看得出"食欲旺盛的女人"等于"风流多情"。

事实上，这部小说的角色参考了在谷崎身边的女人，那就是表哥江尻雄次的妻子须贺。大正元年（1911年），二十七岁的谷崎住在姨母经营的旅馆"真鹤馆"，在那里和须贺发生了不可告人的关系。后来江尻与谷崎绝交，也和须贺离了婚（须贺的孙女中村晃子曾在2015年8月号的《新潮45》中投稿一篇以《我可能是谷崎的孙女》为题的手记）。《热风吹拂》中，主角辉雄相当于当年的谷崎，辉雄的朋友斋藤便以江尻为蓝本，而其恋人英子则是须贺的化身。故事中，辉雄也从斋藤手中抢走了英子。

住在真鹤馆时的谷崎，正好曾写过这么一封信：

> 换个话题，托您的福，在下于8日的征兵检查顺利不及格。这都多亏了须贺小姐，特地在大热天里拜访住麻布的军医朋友，打听到各种逃避检查的秘诀。为了庆祝顺利逃过征兵一劫，前些天我请她吃了风月餐厅的西餐，结果由于吃太多了，拉了两三天肚子，真是可怜。果然女子还是得注意食量才行（这是写给现在在我身旁偷窥信件内容的须贺小姐看的）。（1912年8月12日，给泽田

卓尔的信）

从最后那句话中，不难想象一对小情侣一个写信、一个在旁打闹偷看的模样。这里值得注意的是谷崎对须贺吃太多的事发出"果然女子还是得注意食量"的感想。日后他那"食欲旺盛的女人风流多情"的想象，或许就是受到这位名叫须贺的女性的影响。

Ⅳ 食物与情欲

爱得想吃掉

女人的鞋尖从桌下戳来，横过桌面的手心与手臂也刺激着他的触觉。胃得到满足后，另一种食欲开始涌现。他全身上下发疼蠢动，不过直径三四尺的桌子，却让他感觉变得如此碍事……（《黑白》）

"没有科瑞斯和巴克科斯，维纳斯也会冻僵"，这是17世纪欧洲流行的一句比喻。在希腊罗马神话中，刻瑞斯是掌管丰饶与食粮的女神，巴克科斯则是葡萄酒之神，维纳斯就不用说了，大家都知道她是美与爱欲的女神。鲁本斯曾画过一幅画，画中的维纳斯因为没有了前两位神祇而冻僵身体。用中国传来日本的谚语说，就是

"饱暖思淫欲"了吧。

谷崎文学中对食物的描写，有时会令人联想到情欲。不限于谷崎作品，平时也常听到诸如"想把你吃掉""可爱得让人想吃下肚"等说法。无论是谁，都能直觉理解食物与情欲之间的兼容性吧。然而，仔细想想这又是为什么呢？为什么人会对性欲望的对象产生"想吃掉对方"的念头？

关于这点，涩泽龙彦的《关于虐与被虐》（1990 年收录于《解剖情欲》，河出文库）一文中，用弗洛伊德的精神分析学加以说明过。换句话说，在接受哺乳的幼儿期（即口欲期）中，从饥饿感中获得满足时的快感，与吸食奶水时嘴唇从乳头得到的快感几乎同时发生。换句话说，摄取养分的感官本能与性欲本能尚未分化，因此，"在幼儿直觉的世界观中，'爱'某样东西与'想吃'某样东西的欲望一致"。幼时的这种欲望在长大成人后依然残留在深层心理之中，以各种样貌呈现。比方说，最普遍的就是咬住吸管或舔食糖果时感受到的放松感、安心感，就是口欲期感官本能的展现。"想吃掉××"也是其中的一种展现。

终极的情欲是？

谷崎自己就是个彻头彻尾的恋母情结者。《富美子的脚》（1918年）描写的是被年轻女子践踏并从中获得快感的老人，因此成为知名的恋足癖小说，也堪称一部展现了强烈口欲期感官本能的作品。

"富美啊，虽然你是晚辈，暂时用你的脚踩在我额头上吧，这样一来，我死也无憾……"躺在病床上这么说的老人，甚至要她用脚喂自己吃饭。富美子用脚趾夹住泡过牛奶或汤水的棉花，喂到老人嘴边，"病人便贪婪地舔食那个，怎么也停不下来"。如果可以的话，老人一定想回到幼儿时期，饱尝母亲的乳水。吸吮女人的脚趾正是对这种欲望的替代。

一天二十四小时都在思考吃的事，"成为执着于食物的奴隶"的，是小说《鲛人》的主角。

想吃牛肉锅和烧卖，实在太想吃了，到最后陷入自己的脑袋（大脑）直接变成牛肉锅和烧卖的感觉中。

比方说，想吃牛肉锅的时候，他的脑袋就会变成热牛肉锅的炉子，这么一来，说那里真的"咕嘟咕嘟"煮起一锅牛肉也不夸张。他能感受到锅中升起的白烟和香味，眼前浮现出煮得浓稠的酱汁颜色，嘴里感觉得到从酱汁中夹起的大大小小的肉块形状——大的肉块形似非洲大陆，小的肉块像日本一样细长易断，从筷子前方滴滴答答地淌下肉汁——这一切不只浮现眼前，连舌头都涌出味道，喉头传来吞咽的感觉。

食欲的对象和自己合为一体。这如果不是终极的爱（情欲），又该称之为什么？

专栏①

这正是拍出谷崎食物精髓的电影！武智铁二的《红闺梦》

《红闺梦》（1964 年上映）是一部由武智铁二执导的以谷崎作品为蓝本的电影。情节改编自《柳汤事件》（1918 年），并以他的晚年作品《过氧化锰水之梦》（1955年）作为剧中剧。故事情节很简单，只是描写影射谷崎本人的作家民野（茂山千之丞饰），带着妻子（川口秀子饰）与妻妹（川口秀延饰）去看裸体秀和尽情大啖美食。电影追求的不是小文青电影的氛围，而是将谷崎文学中低俗没品的部分大刺刺地呈现出来。

种类多得数不清的中华料理，或是在银座高级料亭吃海鳗的场景等，银幕上映出的食物虽然豪华而色香俱全，却带给观众一种说不出的局促烦闷感，难以称得上诱人食欲。出现在剧中剧里的巨大蒟蒻[①] Q弹抖动的样子也令人一阵恶心，更别说是因吃得太饱而发出呻吟的景象，简直令人反胃。

对大部分的人来说，对这部电影的感想恐怕都是"早知道就不要看了"。然而过了几天之后，仿佛食物通过喉咙，却能感受到一股奇妙的滋味（或许）。民野在咖啡厅内如狗一般贪婪地吃着三色冰激凌（香草、巧克力、草莓），吃完还大喊"再来一客！"的那一幕，想来或许无限接近谷崎在现实中的吃相吧。

只不过，当年七十九岁的谷崎本人似乎不喜欢这部电影，在接受《周刊文春》采访时表示"我才不看《红闺梦》那种愚蠢的东西"，令对方接不上话。

---

① 郡魔芋。——编者注

第二章

阅读美食小说

追求极致食物的人渣

谷崎最具代表性的美食小说《美食俱乐部》（1919年）是他第一次前往中国旅游后隔年写下的作品，将中华料理的华丽豪奢描写到令人战栗的地步，是一部浓缩了作者美食观的短篇幻想小说。

美食俱乐部的成员共五名，不是名流士绅就是富有的资本家，过着不需挥汗工作就能衣食无忧的日子，每天闲来无事便是四处造访美味名店。谁一说想吃鳖肉，因为东京没有好吃的鳖肉餐厅，另一个人就会提议专程搭夜车到京都去吃。对美食如此执着的一群人，光为了吃鲷鱼茶泡饭而前往大阪，为了吃河豚料理而前往下关，或是为了追求美味的雷鱼而"远征"秋田。

会员们对美食付出的热情非比寻常，他们认为，料理是不输给诗歌、音乐和绘画的艺术，一流厨师也足以与天才艺术家相媲美。

在他们饱尝美食之际——不，即使只是聚集在摆满美食的桌边的一刹那——宛如聆听优美管弦乐般兴奋陶醉，心情愉悦到了极点，仿佛灵魂即将升天。

美食不只带来肉体层面的快感，也包括心灵层面的喜悦。那种喜悦就像是宗教中的"法喜"，而他们不惜花费时间精力追求美食的身影，看在旁人眼中就像"美食教"的虔诚信徒。

然而，谷崎也同时将他们描绘为自甘堕落到无可救药的地步，消极保守又邋遢颓废的人种。他们是怠惰的，一味沉溺于饮酒、赌博与美色之中。体型臃肿肥胖，有着圆鼓膨软的大肚子。以"用来做东坡肉的猪肉"比喻充满软嫩脂肪的大腿，真是没有比这更坏心眼的讽刺手法了。不过，这群美食家沉溺于享乐的丑恶面貌，始终与媲美求道者的自律克己并存，这种宛如硬币的一体两面描写，可说是本小说的精髓。

在美食之路上积极向前的美食俱乐部成员们也面临着一个烦恼，那就是，全日本的美食皆已被他们尝遍，再也没有能为他们舌尖带来兴奋的食物。要是不想办法开拓崭新的领域，他们说不定会因此无聊至死。

对这个问题最感苦恼的是 G 伯爵。伯爵在俱乐部中最年轻也最有钱，不只如此，他还是个会自己发明食谱的厨师。"G"在这里取的是法国美食家格里莫（Grimod）名字的首字母，但或许也可以被认为更普遍的"美食家（Gourmand）"。

"料理的音乐，料理的交响乐"。

这句话始终在伯爵脑中萦绕不去。那是令品尝的人肉体荡漾、心魂升天的料理——与使听众为之疯狂，不断狂舞至死的音乐非常相似——难以抗拒的美味，愈吃愈是翻腾于舌尖，使人无法停止，直至胃袋破裂方休。

提到自己也亲手制作料理的老饕，就不得不联想到陶艺家北大路鲁山人，同样地，G伯爵也自诩为料理的"艺术家"。为了替俱乐部的成员创作出前所未见的全新料理，伯爵日夜烦恼，连晚上睡觉都梦到奇怪的食物，白天则像个饥饿的猎食者游走于街头，探寻崭新食材。

从头到尾只有短短二十八节的故事，内容分成三部分。从最初到第五节内容正如前述大纲，讲述主角追求美食的动机。第六节到故事中段的第二十节，则用来描写踏上美食冒险的旅程，以及如何遇上其所追求的美食珍馐。某日，从位于骏河台自宅去往今川小路作的伯爵得知消息，一栋叫作"浙江会馆"的建筑里将有中国人举行宴会。敏锐的嗅觉令伯爵本能察觉那绝非普通宴会，想尽办法欲尝到其中的料理……

为什么人们总好奇别人餐桌上有什么？

顺带一提，包括现在正在读本段落的您与写下这篇文章的我在内，不知为何，人们总对别人吃什么大感兴趣。介绍美食的节目，说来也是成立于这种对他人食物的好奇心上。为什么我们这么在意别人餐桌上有什么菜呢？山冈捷利在《美食小论》(《语言文化论丛》，千叶大学，2001年) 中精辟简明地说明了原因：

> 欲求得到满足后，多了一点从容的我们，开始将目光放到别人吃的东西上，想知道是否有什么自己不知道的食物……人只吃自己知道的东西，所以，自己脑中不会涌现新的食物，就这层意义来说，食物总是从其他地方来的。

G伯爵的钻研心正是如此。因此，他必须寻访别人的餐桌，才能邂逅"原本不认识的食物"。然而，要坐上别人的餐桌并不是一件容易的事。伯爵的目标是进入浙江会馆，找到想找的中国菜，结果却像踏进一片深深迷雾里的沼泽，尽管努力摸索着前进，终究没能抵达那桌佳肴。

追根究底，散步中的伯爵偶然发现这场飨宴的开端已很奇特。若是一般小说或电影中的场景，不是闻到不知何处飘来的食物香气，就是受到某栋屋檐下窗边飘出的炊烟吸引，这类描写比较常见。然而，小说中的伯爵却是在路上与两个叼着牙签的中国人擦肩而过，闻到他们口中散发的绍兴酒的臭气时，察觉"这附近肯定有自己没去过的中国餐馆"。连别人口中散发的臭气都能勾引食欲，实在不太正常。

继续找寻餐馆的伯爵使用的既非嗅觉也非视觉，而是侧耳倾听黑暗中远处传来的二胡声、高亢的歌声与掌声，循声走进巷弄，最后来到一间三层楼的西式建筑。匪夷所思的是，他仅仅站在露台下聆听二胡的乐音，食欲就能受到刺激，脑中不断浮现关于中国菜的想象。听到急促的曲调时，脑中浮现的是腊肠（猪肉香肠经过日晒制成的食物）；进入缓和的乐章时，脑中则浮现红烧海参（用酱油炖煮的海参）浓稠的羹汤；听到拍手的声音，脑中便浮现杯盘狼藉的餐桌与油腻的桌巾……分不出"食物"与"音乐"的界线，五感全部混淆，陷入恍惚的陶醉心境。

结果，伯爵站在屋檐下窥伺了屋内情形三十分钟，好不容易抓住下楼的客人才得以进入店内。被带到三楼的宴会场后，看见一群中国人吃着自己从未见过的食物，伯爵却被带往另一张桌旁，被人引见给一位姓陈的会长。伯爵也想点餐吃，陈会长却说今天厨房已经收了，请客人吃剩菜又未免太过失礼，以此为由拒绝了伯爵。正在失望时，刚才带他入店的男人走来，告诉伯爵那其实是陈会长的谎言，厨房不但还没收，餐点也还如火如荼地烹调中。"因为会长怀疑你是可疑人士。只有像我们这样经过会长严格筛选的人才能吃到秘密菜肴。刚才吃的不过是前菜，主菜现在才要上桌……"

和费尽千辛万苦仍无法一亲美食芳泽的伯爵一样，读者读到这里一定也相当焦躁吧。与此同时，或许还感受到一股难以言喻的不安。这么说来，我们童年时似乎也曾读过类似的童话故事。对了，就是《要求特别多的餐厅》。

要求特别多的中国餐厅

宫泽贤治的《要求特别多的餐厅》发表于1924年，晚于《美食俱乐部》五年。内容描写两位进入深山狩猎的青年绅士走进名为"山猫轩"的西洋餐馆，餐馆自称

"本店要求特别多"。主角打开大门后，穿过一间又一间的小房间，面对诸如梳头、脱外套等一条又一条的注意事项……这样的情节读来总觉得构造上和《美食俱乐部》有相似之处。

实际上，《美食俱乐部》一书中，随处都有令读者不安暗忖"该不会……"的可疑描写。关于俱乐部会员肥胖的身躯，除了以"用来做东坡肉的猪肉"比喻外，还有着这样的描述："就像为了使肉质更柔软丰润而关在黑暗中被喂食大量美味饲料的鹅。"换句话说，作者是将他们的身体比喻为鹅肝了。"吃了满满一肚子饲料时，或许就是他们寿命终结的时候。"此外，书中也以生动的笔触描写伯爵每晚梦见自己的身体在巨人舌头上，看着流动的物体不断从那舌上崩落的光景。看在读者眼中他们是丑陋的堕落者，犯下七宗罪的"贪食罪"，不知道什么时候会受到上天的制裁。这和《要求特别多的餐厅》中将两名绅士描写为即使遭到天谴也不为过的下流利己主义者，亦有共通之处。

即使进了举行宴会的场地，仍无从得知端上桌的菜肴使用了哪些食材，充满诡谲可疑的氛围。比方说"碗里出现的是炖煮得有如蛞蝓般黏腻软烂的茶褐色块状物"……在伯爵遭到会长拒绝后出来帮他的男人说的话，更是诡异到了极点："他说厨房已经收了是骗你的""等一下端上桌的才是真正的餐点""烹调法是秘密，只有会员才能得知"。

到最后，男人更是大力赞扬起会长的厨艺。"不管什么东西，到了那人手里都能变成食材。所有蔬菜、水果、兽肉、鱼肉、禽鸟肉就不用说了，上至人类下至昆虫，都能成为上好的食材"。

"把话说到这个地步，你大概已经明白会长的料理是什么样的东西了吧。这也就是参加宴会的会员人选必须经过严格筛选的缘故——要是这些料理真的在世间流行起来，后果肯定比鸦片或香烟更可怕。"

就这样，将读者的期待与恐惧引到最高点，最后却没有发生任何称得上事件的发展。结果那群中国人吃的到底是什么，真相依然不明，令读者徒然留下"咦？"

的错愕感。读到故事中段冗长的描写时，一定有不少人感到不耐烦。也有人说，这种犹如臼齿里卡了食物般不干不脆的描写方式有其历史背景，与前一年发生的抢米暴动事件①及伴随而来的白虹事件有关②。换句话说，小说中语焉不详的描写，和当时紧张的社会情势或许脱离不了关系。

然而，虽然勾起读者"到底发生了什么事""最后会出现什么前所未见的料理"的期待，却怎么也不揭穿料理的真面目，那种仿佛在雾霭中徘徊的感觉，正是本作品所提供的料理风味。若说筒井康隆的《药菜饭店》是一部以惊人气势将体内老废物质排出体外的爽快美食小说，《美食俱乐部》则与其形成对比，是一部有如混沌浓稠且不明其所以然的物质从全身上下涌入五脏六腑囤积，令身体愈来愈膨胀沉重的小说。

---

① 指1918年8月3日爆发的抢米暴动。
② 本事件是日本历史上最大的言论贾祸事件，有大正民主旗手之称的《大阪朝日新闻》，因与政府权力对立而面临存亡危机的笔祸事件。该报对出兵西伯利亚及抢米暴动事件下的寺内正毅内阁提出严厉批判，政府当局则抓住报道中"如白虹贯日"的语句，称其为对皇室的冒渎，加以告发，逼得该报总编离职。

何谓终极美食？

在浙江会馆的中国人宴会上目睹了"什么"的G伯爵，从中获得绝妙的灵感，开始创作起料理来。最后，他满怀自信端出的魔法料理，光看菜单却和一般中国菜没什么两样，令所有俱乐部会员感到不满。然而，那其实是非常不得了的料理。

举例来说，有一道"火腿白菜"（火腿是指中式火腿）。上这道菜的时候，俱乐部会员们被带到一间没有光也没有声音的房间，在那宛如死亡的虚无空间里空站上三十分钟。之后，出现一个似乎是年轻女性的人，用冰冷的手指抚摸所有人的脸。当她按摩到嘴唇甚至口中，唾液立即涌出，感觉就像吃了什么正在咀嚼一般，强烈的食欲袭来。口水不断流淌，渐渐地开始尝出某种滋味。没错，那就是火腿的滋味，中国菜中火腿白菜的滋味。

A忽然发现，那显然是人手的东西在不知不觉中幻化为白菜茎。不，说幻化或许不甚适当……

从哪里开始是白菜，哪里又还是女人的手，已经完全搞不清楚其分界了。

分不清楚的还不只白菜与女人的手。视觉、听觉、触觉、味觉、嗅觉等五种感官的区别也变得模糊不清。"做菜的人／做出的菜"与"做菜的人／吃菜的人"之间的界线也难以辨识。彼此侵犯、彼此共鸣，达到在这之前从来没有人品尝过的不可思议境界。

追求美味佳肴的结果，最后竟抵达"不做任何菜"的境地。也可以说是对快感的追求到了极点，最后来到"就算什么都不吃也像吃了什么"的终点。宛如修道者恍然开悟的禁欲克己境界。

这境界和中岛敦在短篇小说《名人传》（1942年）中的故事有异曲同工之妙。故事描写了以成为天下第一弓箭手为志的邯郸人纪昌，在拜弓道高手飞卫、甘蝇为师后，习得"不射之射"的技艺，也就是不用弓箭却能击中对方的绝招。

纪昌结束了九年修炼生涯下山，人们无不期待他大显身手展现绝招，他却什么都不做，只是每天发呆度日，唯有"天下第一弓箭手"的传说不断远播。到最后，年老的纪昌连"弓"是什么都想不起来，更把弓箭的用途忘得一干二净，令人们惊愕不已。

据说后来好长一段时间，在这邯郸之都中，画家们藏起画笔，乐师斩断琴弦，工匠们连拿起规尺都感到羞耻。

这是不是和《美食俱乐部》的结局很相似呢？美食俱乐部成员对食物的贪恋开始转变为对非食物的追求，不久之后就会开始用肉体的死亡来交换永远的飨宴了吧。他们正可说是大正时代的阿皮基乌斯。

以上，就是关于追求终极美食到了令人恐怖境界的小说《美食俱乐部》。

专栏②

豹是美食家

　　谷崎以爱猫闻名。曾在《周刊朝日》的采访文章《猫》（1929 年）中，论及猫的可爱与魅力时，唐突地说出一句"想养一只豹看看"。

　　　　要养就要养豹。豹又美又优雅，气质好，宛如宫廷乐师般姿态做作，同时又有着恶魔般的残忍。豹是好色的美食家，养起来肯定很有趣。

　　战前的日本不像今日法规森严，真的想养的话，或许也不是办不到。话虽如此，用"美食家"来形容豹，真不知道他是从哪里来的想象？在《宛如当世鹿》中，谷崎亦曾惊讶于自家养的猫比起狗有更灵敏的嗅觉，既然猫是如此，可见豹一定更……大概是这么依此类推来的吧。

古希腊神话中，嗜好酒与狂欢的酒神狄俄尼索斯骑的圣兽正是豹。古罗马人相信这样的豹会发出芳香的气味诱惑动物们，再一举将之擒猎。谷崎对豹的想象，也可能是从这种西洋神话中的形象类推而来。野生的豹会将捕获的猎物搬到树上存放，花时间慢慢享用，这样的行径或许也让谷崎嗅到同类的味道。

笔者询问多摩动物公园饲养员后得知，虽然动物园基本上只喂食雪豹生鸡肉与鸡头，但会刻意安排几个不给饲料的饥饿日和改为喂食昏厥兔子的日子。据说这么做是为了满足野生动物的本能。谷崎要是听到这番话，一定会感到既兴奋又愉悦。

第三章

料理百花缭乱

Ⅰ 东西方美食评比

江户风的讲究

身为日本桥蛎壳町商人之子，谷崎也以地道江户人的身份自豪。尤其是在他的初期作品中，随处可见东京人讲究的饮食生活。笹乃雪的豆腐、米市的名代荞麦面、江知胜的牛肉锅。金清楼、柳光亭、富士见轩、八百松、龟清楼等，从日本桥到东京"下町"的旧市街，数不清的日本料理店在作品中频频登场。

即使如谷崎成名作《刺青》这般连一丝食物的气味都闻不到的幻想式短篇小说，也不落痕迹地出现了料理店的名字，这点实在值得受到更多关注。刺青师遇见自己理想女孩的重要场所，正是名为"平清"的餐厅前。

平清是深川一带具有代表性的老牌餐厅，不只供应餐点，还是第一个在店内附设浴池的料亭。顾客上门后会先进豪华浴池泡澡，换上浴衣后才在宴会厅里随性安坐用餐。"去平清吃饭"对江户人来说，正是"奢华享受"的代名词[①]。数年后，与女孩重逢的刺青师问起那件事，女孩回答："是的，当时父亲还在世，我们经常去平清。"暗暗交代了出身良家的女孩家道中落的凄凉[②]。

明治四五年，前往京都旅行的谷崎写了纪行散文《朱雀日记》。尽管享用的是京都一流名店瓢亭与中村屋的料理，他对京都食物的评语却是相当辛辣。

京都的食物淡薄如水，不合东京人的口味。别的不说，光是酱油的味道就差远了。即使口味嗜好因人而异，鳗鱼、寿司和荞麦面等食物还是远远劣于东京。一般海鱼种类贫乏而质量低劣。

如上所述，起初谷崎对食物抱持的是江户风中心主

---

① （藤原智子，《谷崎润一郎〈刺青〉中暗藏对"兄长"的思念》，《日本文艺研究》关西学院大学，二〇〇五）
② （真铜正宏，《食通小说中的符号学》，双文社出版，二〇〇七）

义，对关西料理持否定态度，认为"关西料理难吃，不合东京人的口味"。

上方礼赞 ^①

不料，大正一二年（1923年）遇上关东大地震的谷崎，在天生的地震恐惧症并发下，再也无法继续安住于东京，于是决定举家迁往关西。先是京都，之后又搬到神户。

移居关西第二年写下《上方的食物》（1924年），大力赞扬了关西的饮食文化。像是"原本东京就是个食物难吃的地方，纯粹的日本料理皆发展于上方，江户风料理其实只能说是乡下食物"等，对两地食物的评价有了一百八十度的转变。

在《东西方美食评比》（1928年）文中提到，关西食物光是食材就很出色。蔬菜或鸡肉以京都为佳，牛肉就要吃神户牛，鱼肉则以大阪到中国（此为日本地名）一带最好吃。引出食材本身的天然原味，以绝妙技巧完

---

* "上方"是江户时代对京阪一带的称呼。译者注

成清淡美味的就是上方饮食风格。他还引用了织田信长的逸事，称关东的食物"是为了掩饰劣质食材不得不用砂糖或酱油烹调的重口味的食物，不仅外观不美，连味道也是配合吃不出好坏的乡下人嘴巴"。

"上方这地方，诚为美食家天堂""从食物的观点来看，关西的等级确实比关东高"。原本骄傲自负的地道江户人谷崎，摇身一变成为关西专家兼上方文化的礼赞者。

> 完全在关西定居下来后，我渐渐爱上了上方。这里不但气候好，食物美味，人心也较为悠闲，比起关东，住起来更加舒适。现在我甚至认为，早知如此就该更早搬过来。(《饶舌录》1927年)

在这样的关西生活中，谷崎逐渐拓展了典雅的品位，《食蓼虫》《吉野葛》《盲目物语》《春琴抄》《细雪》等华美绚烂的名作自然皆因此诞生。

即使战后因健康因素搬回关东的热海市汤河原町，谷崎家依然保持宛如生活在关西领域内的饮食生活。

因为如此，心总是向往着京都。食物尽可能请人从京都运来。肉吃的不是神户牛或松阪牛，而是近江牛，而且还是差人从京都送来完整大块的牛肉。就连夏天也请人搭特快车送来，直送到热海车站。鸡肉来自今出川的鸟岩，请人送来只除掉鸡肠的完整全鸡。鱼多半吃鲷鱼、甘鲷、海鳗、鳝鱼、香鱼等，大多来自四条的丹熊或银阁寺的山月。点心就吃堺町松屋的伽蓝饼、深山路①，海鳗寿司吃的不是来自祇园的 Izuu，就是来自锦的井传，常吃的都是固定几家店。就算去东京也只吃辻留或滨作，结果还是京都料理。(《思念京都》，1962 年)

"常有人说我明明是地道江户人却喜欢京都，不管人家怎么说，喜欢的东西就是喜欢，没办法。"晚年的散文中，谷崎如此阐述自己对京都的喜爱。(话虽如此，谷崎是否热爱关西的一切仍令人存疑。移居关西后写的《阪神见闻录》(1925 年)就曾指责过关西人不懂规矩，后来创作的未完成小说《鸭东绮谭》(《周刊新潮》，

---

① 一种砂糖做的日式点心。——译者注

1956 年 2 月 19 日创刊号）中也曾以"京都是可以时常游览的地方，但不会是安居一生的土地"等语句，回顾当时对京都的不适应。

对故乡的复杂思绪

经历过关东大地震与太平洋战争，东京昔日固有的文化逐渐式微，发展成了一座低俗杂乱的城市，食物也已经远远比不上关西。谷崎一方面礼赞上方，一方面又对这样的故乡抱持复杂的心绪。前述的几篇散文中虽将关东料理批评为等级较低的乡下食物，在《思念东京》（1934 年）中抒发的却是更幽微曲折的情怀。

谷崎举了简单的例子，提到东京千住的名产"雀烧鲫鱼"。做法是先用甜甜辣辣的调味料腌渍鱼肉，再用竹扦穿起来烧烤，由于外形和浑圆的麻雀相似，故有"雀烧"之称。在那几年前，辻润曾将雀烧作为伴手礼，从东京带到关西给谷崎，谷崎却以"看起来寂寥、别扭又哀伤的食物"来形容，还说自己"察觉那是多么穷酸又窝囊的'名产'时，不禁愕然无语"。当然，这里指的不只是食物的外表，连味道也称不上美味。谷崎更说，仔细想想，盐渍鲑鱼、盐渍鳕鱼、咸仙贝、纳豆、佃煮、鲲鱼干、臭鱼干等江户人自豪的"乙等美食"[①]，说到底不过是东方的乡下人为了掩饰自己的贫穷而创造的用语罢了。

听到"乙等"这个词时，我不由得全身发寒，隐藏在此一词背后东京人的浅薄思想，真是有股难以形容的悲哀。

然而：

我也说了很多次，因为自己对这种东京名产同时抱有反感与眷恋的矛盾情感，远离东京的时候，总是非常思念酱烧蛤蜊，也总是对山葵酱油腌干贝想得不得了。

逞强吃穷酸食物的东京人姿态，在谷崎脑中与往日父亲的形象重叠了。谷崎将那为人老实、因为不擅长

---

① 意指"虽非甲等（上等），但也有其优点与好处"，类似今日 B 级美食、庶民美食之意。——译者注

做生意而导致家道中落、毫无威严的父亲称为"潦倒的江户人"。用当今流行语来说就是"卢瑟（loser）"。吃着不好吃的东西也要逞强说美味，父亲那样令人不忍卒读的悲哀身影烙印在谷崎心中，使他在感叹东京食物"穷酸"的同时，也总是深陷于对不中用的父亲矛盾情感的旋涡中。

不过，身为关西死忠者的谷崎，一辈子都没有成为"关西人"。尽管在地道大阪人的妻子及其家人环绕下过生活，也让自己小说中出现的人物操大阪腔或京都腔说话，谷崎自己却从未染上关西口音，直到最后仍坚持使用标准东京腔中的第一人称。1960年谷崎（75岁）上广播节目的录音保留至今，从中可听到他说起话来虽然饶舌，用的确实是地地道道的江户人腔调，丝毫听不到京都口音特有的副词。终其一生，谷崎的自我认同都是"东京人"。

谷崎对上方女性的赞美，经常被视为一种关西的异国风情。在东京旧市街出生长大却受"异国"关西魅力吸引，花上整个后半生浸淫于关西魅力之中，直至深入骨髓，谷崎润一郎或许就是这么一个江户人。

专栏 ③

关西的月见牛排

"赏月"是富有风情的日本传统文化。热爱月亮的日本人，连在食物中也要追求赏月的意趣，发明了名为"月见"的独特配菜。月见乌龙面、月见荞麦面都是大家耳熟能详的食物。在碗里打上一颗生蛋，比喻为圆月，旁边放的海苔、山药泥和海带芽则象征云层。起源已不可考，只知这是来自上方的饮食文化，江户时代已然存在。

根据谷崎于散文作品《西餐之事》中的描述，大正末年时，关西曾经出现名为"月见牛排"的罕见食物。在当时关西的餐厅里，只要点一客"上等牛排"，店家就会为客人在牛排上打一颗生蛋。"换句话说，牛排本身没有不同，只多了一颗生蛋便谓之上等。"

也有所谓月见咖喱饭。即使对牛排上打生蛋感到

"有点无法接受……"，换成咖喱饭上打生蛋，就是现代常见的吃法了。此外，虽然已不太有赏月感，想到吃寿喜烧时也会用牛肉蘸生蛋液吃，或许在牛排上打生蛋也不是多么奇怪的事。

仔细想想，日本人真的非常喜欢吃"月见××"。毕竟，这个国家连麦当劳都推出"月见汉堡"，此一单品还深受消费者喜爱长达 25 年。虽然谷崎皱着眉头表示"绝对不吃月见牛排和月见咖喱饭"，我还真想对他说就当自己被骗了，也来尝试一次月见汉堡吧。

Ⅱ 和食世界美妙如斯

日本美的结晶

谷崎代表作《细雪》描写的是位于大阪船场，家道逐渐中落的贵族家四姐妹的故事，正是一幅描绘了活在更迭时代女性的绚烂画卷。

芦屋住家附近多的是花，搭阪急电车时，只要往窗外一看，也有赏不完的花，根本不一定要去京都。即使如此，坚持鲷鱼就要吃明石鲷，否则会觉得不够美味的幸子，还是非去京都赏花不可。（《细雪》上卷）

四姐妹中的次女幸子，在丈夫贞之助问她最喜欢吃哪种鱼时，回答了"鲷鱼"，被丈夫嘲笑老套。然而，她的想法是，鲷鱼才是最有日本味的鱼，日本人中没有人不喜欢鲷鱼。同样地，赏花就要赏樱。自古以来，日本人每逢春天就迫不及待地等樱花盛放，花谢时无限惋惜，深爱樱花转瞬即逝、难以捉摸的美。

喜爱樱花的幸子，每年一定要在家人陪同下前往京都平安神宫赏花。到了京都，在南禅寺的瓢亭吃夜宵，一边参观"都踊"[①]一边赏祇园的夜樱，再到麸屋町的旅馆过夜。隔天从嵯峨前往岚山，在中之岛的挂茶屋吃便当，下午再去平安神宫赏樱。整个过程顺序严谨，要去哪里做什么都事先决定，宛如一场美妙庄严的仪式。

从这时期起，谷崎开始在小说的世界中织入日本传统饮食的吉光片羽、风流雅趣。像是作品《卍》（1928年）中，便写入了若草山采蕨菜、土笔菜，鸣尾采草莓的风雅意趣。犹如复式梦幻能剧[②]般的《芦刈》（1932年）中也安排叙事者描述了水无濑离宫遗址的王朝时代

---

① 京都迎接春季时的传统习俗，由祇园甲部的艺伎与舞伎带来传统歌舞。——译者注
② 能剧大分为梦幻能与现代能两种，复式则指舞台分为前后。——译者注

奢华飨宴及各种宫廷料理。另外，以后设小说手法记述尝试书写历史小说未果过程的《吉野葛》（1931年）中，则以散发芳醇香气的笔致写下象征吉野之里的熟柿，书中是这么说的："如果有人问我什么是吉野秋天的颜色，我一定会小心翼翼地将这柿果带回去给他看吧。"

写作风格如此转换的关键作品堪称《食蓼虫》（1928年）。故事以一对名存实亡的表面夫妻（要与美佐子）为主轴，描写主人公要如何被岳父的妾阿久感化，被传统日本文化吸引的过程。

在这里，"饮食"也成为故事中重要的象征要素。西餐与和食的对比描写，分别象征"和妻子及情妇过着奢华却空虚生活的要"与"行事传统，过着低调生活的岳父及阿久"两组人马。

去看人偶剧的时候，画着莳绘的便当盒里装的是有白饭和几种配菜的幕之内便当，配菜包括煎蛋、穴子鱼、牛蒡、筑前煮。这是京都、大阪一带贵族的传统赏花便当。行经鹿谷及八濑时便去采蕨菜、土笔菜和蜂斗菜助兴。招待客人的筵席上端出炸鳟鱼、盐烤香鱼、豆腐芝麻凉拌牛蒡等菜色。对老人这些纯粹的日式喜好，阿久毫无异议地顺从，看在要的眼中简直不可思议。

看戏只看人偶剧，吃东西只吃蕨菜和紫萁，这样下去阿久也活不久了吧。她偶尔一定也想去看热闹，或是吃吃西餐里的牛排，却能这么刻苦忍耐，不愧是生于京都的人。要一方面感到佩服，有时也不由得觉得女人的心真是不可思议。

在与两人一起观赏文乐舞台剧时，要从黑暗中浮现的白色小春人偶脸上看出"永恒的女性面貌"。那是崇尚西洋文化的谷崎终于"回归日本"的瞬间。

以幽暗为基调的日本料理

随笔《阴翳礼赞》(1933 年) 中，谷崎也论及和食及围绕着和食的理想环境。他提到京都的料理店"草鞋屋"，一直以来都使用古朴的烛台照明，顾客却嫌烛光太昏暗，后来才改用提灯式的电灯。谷崎说，那时自己才察觉日本漆器之美，正是要在朦胧昏暗的微弱照明下，才能发挥得淋漓尽致。谷崎发现，漆器的颜色是"层层'幽暗'堆砌而成的颜色"。

> 人们常说日本料理不是用来吃而是用来看的，这种时候我想说，不只是用来看，更是用来冥想的。而且那是在黑暗中明灭不定的烛火与漆器合奏出的无言音乐带来的作用。

在幽暗中伸手拿起汤碗，碗的重量和温度同时传入手中。打开盖子之后，漆器的颜色和汤汁的颜色同样暗如黑夜，甚至分不出哪里是汤汁，哪里是容器。在汤汁飘散的香气中啜饮一口，含在口中慢慢品味。在谷崎笔下，黑暗中品尝汤汁的喜悦极尽肉欲，感觉就像所有感官慢慢融化，合而为一。

柳田国男在《木棉以前的事》（1924年）中以"散发雪白静谧光芒的器物"来形容陶器的明亮清净，又说"门牙碰上陶器时的轻微声响，就像昔日贵公子聆听佩玉撞击声，有时甚至能使人忘却使用绘上松鹤的美丽漆器所带来的喜悦"。与柳田这样的光明礼赞正好完全相反，谷崎认为幽暗才是日本料理的基调。

关于此点，也有人从建筑学的角度，针对《阴翳礼赞》中阴翳幽微的日本之美做科学性的解析，实为饶富兴味的研究。①

根据这篇研究，阴影基本上以"①光源；②被照体（打上光线，做出影子的对象）；③屏幕（映出阴影的平面）；④阴影；⑤视角（人欣赏阴影的角度）"等五个要素构成。若详细拆解这五个要素，比方说，以前面提到的"黑暗中的漆器"为例，黑暗中的漆器之所以散发蛊惑人心的美感，乃是因为"阴影映在黑色或咖啡色等暗色系的屏幕上时，有为黑暗加深光泽的效果"。又比方说，以"无力、寂寥、无尽的光线沉稳地渗入房间的墙壁"的描写为例，这番光景在论文中的分析结果成了"将柔弱的光线投影在反射率低、吸收力强的屏幕上所导致"。

觉得怎么样？您能接受这样的解说吗？或者认为

---

① 详见川崎雅史等人所著，《日本传统空间呈现的阴影之意趣相关研究》，载于《土木学会论文集》，1993 年。

"日本之美"应该是超越科学说明的存在？

被发明的传统、作为异国的日本

话说回来，一谈到"日本传统"，感觉起来或许就像是经历了千年、两千年之久的传承，事实上，这个"传统"到底是什么时候被创造出来的，经过哪些变迁，又是在什么时候成为定论的呢？

"被发明的传统"，最早提倡此一概念的是历史学家艾瑞克·霍布斯邦。在他编纂的同名论文集（1983 年）中提到下面这个例子：只要一说到苏格兰，任谁都会联想到的"苏格兰格纹"，其实是 18 世纪英格兰企业家设计出来的东西。我们信以为传统的事物，有时往往只是近代的产物。此一概念可套用在全世界的各种文化上，日本料理当然也不例外。

就以近年的话题食物为例，现在，每年一到节分之日，大家都会朝惠方的方向大口咬下"惠方卷"①。然而，惠方卷这种食物的起源虽无定论，已知幕末到明治

---

① 一种粗海苔卷寿司。——译者注

初期，部分大阪船场商人已有食用粗海苔卷寿司的习惯，只是当时尚无"惠方卷"的名称，也只是限于少数地区的饮食文化，并非普及全国的饮食文化。一直要到1912年左右，寿司及海苔业界为了促销商品，将食用惠方卷的习惯包装为自古以来的传统风俗并加以宣传，此种宣传断续进行到战后。1998年便利商店开始销售惠方卷，此举成为导火线，于节分之日食用惠方卷才成为普及全国的习俗。

此外，住在关西时的谷崎，虽然将使用酱油与砂糖调成重口味的江户料理贬低为"乡下低等料理"，事实上，在食物中大量使用砂糖调味的习惯，推测应是受到明治维新之后来到东京大显身手的萨长人，尤其是素有奄美砂糖文化的萨摩人影响所致。德川时代的"江户风"料理，口味应该更加清淡才是。

话虽如此，倒也不表示"被发明的传统"或历史较浅的传统就是毫无价值的东西，也不代表只有回溯到室町时代或平安时代的传统才有价值。像这种一而再，再而三计较"正统性"的竞争，就像层层剥开洋葱一样空虚无意义。

即使谷崎热爱的日本文化，只不过是确立于距离他生活的时代不远的"被发明的传统"，也不会因此产生任何颠覆本质的重大问题。因为对谷崎而言，日本文化不但不是从中彻底追求己身根源或认同的对象，反而是以一个"局外人"的身份旁观，同时怀抱热情与冷静。

Ⅲ 中华料理的异国风情

"不可思议国度"的食物

谷崎心目中凌驾于所有食物之上，也成为其作品《美食俱乐部》主题的中华料理，究竟有何魅力？

谷崎有一个叫作笹沼源之助的朋友，乃是东京第一间中餐馆"偕乐园"的嫡长子，少年时代的谷崎经常去笹沼家玩，在那里享用了不少美食。对谷崎而言，少年时的这段经历，成为他亲近中华料理的基础。与笹沼家的友谊维持了一辈子，无论物质还是心灵层面，笹沼家都可以说是谷崎的资助者。在回忆式散文《幼少时代》（1955 年）中，他便如此描述了来到偕乐园附近时总能闻到的异国香气，以及其中不可思议的魅力。

那是在当时的东京罕能闻见的味道，那充满异国风味又令人难以抗拒的香气，大大刺激了少年的食欲，我对每天都能尝到如此美食的笹沼欣羡不已。

来自不可思议国度的不可思议食物，这就是中华料理。以古代中国为背景的短篇小说《麒麟》（1911年）中，描绘了大量梦幻而充满异国情调的东洋珍馐。

夫人又请一行人品尝每一盘菜。其中有玄豹之胎，有丹穴之雏；有昆山龙肉脯，也有封兽腿肉。只要叼起其中一片甜美的肉片，人心便无暇思考一切善恶是非，而圣人的表情则郁郁寡欢。

"玄豹"指的是黑豹，韩非子曾说商朝最后的国王纣王嗜食其美味的胎盘。"丹穴"指的是洞窟或山洞，在中国古语中用来作为女性性器的美称，这里的"丹穴之雏"，指的或许是"刚产下的雏鸟"。昆山龙与封兽都是虚构的幻兽。无论哪一种美食的描写，都不免令人联想到以天下第一恶女闻名的纣王爱妃妲己，以及她酒池肉林的逸乐行径。

满心期盼的中国旅行

撇除想象与憧憬，谷崎终于在1918年实地前往中国旅游，亲眼看到这个国家，也初次尝到地道的中国菜。谷崎去了当时的奉天、天津、北京、汉口、九江、庐山、南京、苏州、上海、杭州等地，吃了北京菜、上海菜、广东菜、四川菜等中国大江南北的美食珍馐。吃到包括燕窝、鱼翅、鱼唇、光参（海参的一种）、鲍鱼、皮蛋等罕见菜品，为中国菜的众多食材及烹调法的丰富多变而深受感动。当时的体验都写在《秦淮之夜》、《苏州纪行》、《西湖之月》、《庐山日记》和《中华料理》等纪行散文中。

在杭州迎紫路的餐馆吃到东坡肉时，除了记下这种料理的名称来自北宋最知名的诗人苏东坡（苏轼）之外，谷崎还做了如下描述：

这和西餐中的夏多布里昂牛排正好可作为对照。把豆腐般柔软的白色猪肉放进呈浓稠褐色的油腻汤汁中熬炖而成的东坡肉，以苏东坡为名总令人联想起脱俗超凡的诗人，实际上一想到他或许一边吃着那滋味浓厚的猪肉下酒，一边搂着爱妾朝云从早到晚乘船游兴，感觉自己似乎也能懂得中国人的情趣嗜好了。(《西湖之月》)

因得罪当权者王安石而被贬到偏远地方的苏东坡，特别喜欢吃当时被视为下等人食品的猪肉，甚至写下《食猪肉诗》歌咏猪肉。苏东坡每到一个地方就差人烹调具有当地特色的东坡肉，例如河南省的开封东坡肉（和笋子一起煮）、江西东坡肉（用稻草包着煮），还有谷崎吃的杭州风味的东坡肉等。苏东坡乐观主义者的享乐特质，在后来谷崎的戏曲作品《苏东坡》中开花结果。

读了那崇尚神韵缥缈风格的中国诗，再吃下那外观诡异的中国菜，从中感觉到明显的矛盾，但也不由得认为这种两极化正是中国的伟大之处。不

管怎么说，能做出如此复杂的料理并饱食满腹的中国人确实很了不起。(《中华料理》)

神韵缥缈的汉诗世界与外观诡异骇人的中国菜形成了两个极端。谷崎正是从这样的两极化中看出了艺术的魅力，并在小说《美食俱乐部》中将中国菜誉为至高无上的料理。谷崎的中国之旅如同导火线，引发芥川龙之介与佐藤春夫等周遭文人前赴后继地前往中国探访。

再度造访上海

大正十五年一月（1926年1月），谷崎二度前往中国旅游，这次几乎都待在上海。这趟旅行体验到的人和事，在《上海见闻录》与《上海交游记》中有详尽的描写。

获邀参加日中文士交流会"人脉会"，认识了郭沫若、田汉、欧阳予倩等中国作家，与众人深入交流。聚会上请来名为"供养斋"的素菜馆做外烩，谷崎在此吃到了精致的素食，包括燕窝汤、蒸煮鸭、鱼羹汤等料理，都是用米麸或豆腐、腐竹等食材重现荤菜的外观与口感。

第一次到中国旅行时，谷崎对上海菜的评论是难吃，西洋味太重，令他大失所望。这次重游上海，谷崎刻意避开高级餐厅，尽是钻进旧市街的便宜食堂吃饭。到了二马路的餐馆街时，在那里感受到宛如东京日本桥木原店或大阪法善寺横丁般的庶民风情。在一家叫老正兴馆的宁波餐馆吃到的鱼，竟让他回忆起儿时常吃的炖鱼滋味。此外，嫩豆腐汤、榨菜、类似关东煮的大锅菜等，也让他想起母亲的味道。

千里迢迢来到中国，心中竟思念起三十几年前东京日本桥家中的父母，眼前浮现的是那昏暗土造平房内的景象，这到底是为什么呢？（《上海交游记》）

第一次到中国旅行时，以来自异国的目光视中国菜为"异国料理"而大开眼界的谷崎，再次来到中国，反而将眼光放在与日本的共通之处上。饮食文化虽然具有其特殊性与多样性，透过这次的体验，谷崎体察到的或许是某种跨越国家民族隔阂的普遍性。

不爱朝鲜料理？

大正七年（1918 年），谷崎启程前往朝鲜，再从这里进入中国旅游。自当年 10 月 11 日起的一星期左右时间，分别去了朝鲜的釜山、汉城与平壤。

对这些地方的印象写在《朝鲜杂观》，其中提到汉城与平壤古色古香的街景、文化习俗以及色彩鲜明的农村风景时，宛如看到昔日的日本，又像穿越时空踏上日本平安朝的土地一般内心激动。明明是前往异国旅游，内心却产生穿越时空回到昔日日本的感觉，乍听之下或许使人莫名其妙，换个例子来说，其实就像西班牙人造访昔日殖民地的墨西哥或哥伦比亚旧市街时，看到眼前景物仿佛受到保存的本国古都，也会涌现一股感慨万千的乡愁。这大概是一种跨越国境的普遍现象吧。谷崎在朝鲜的农村景物中看出"纯日本画的颜料色调"，面对京城街头的景色时，脑中浮现的追忆与想象则是平安画卷中走在人行道上的男男女女。

说到停留朝鲜期间谷崎所吃的东西，其中包括名为长春馆的一流餐厅。这里也有朝鲜传统艺伎于席间演奏慵懒的音乐，颇有平安时代催马乐的气氛，整体感受得到古代宴会的形貌。但涉及食物感想……"难吃又幼稚的朝鲜料理""连嗜吃怪异食物的我都没办法全部吃下去""烹调方式极度原始，又稀又水、略嫌肮脏，里面放的辣椒多到吃了嘴巴隐隐作痛，尽是些光看就教人恶心的东西。"谷崎对朝鲜料理的评价非常低。

游记中提及在长春馆吃到的东西，包括"氽烫猪肉直接蘸了味噌就吃"（前菜）、"用芥子腌渍的血淋淋的生牛肉"、"名为神仙炉，类似杂菜火锅的料理"等。前菜里用来蘸"氽烫猪肉"的味噌，指的应该是朝鲜的大酱吧。谷崎还说"才吃了一片那个，内心便感到一阵不悦"。

另外，神仙炉是朝鲜人在菊花节（重阳节）吃的宫廷火锅，别名"悦口子汤"。先将基底的牛肉汤头放入甜甜圈形的铁锅，再将牛肉与豆腐做的肉丸子、白鱼肉、蛋丝、红萝卜、芹菜、香菇及银杏、胡桃等食材放入锅中熬煮食用。对于这道菜，他也说"就连这个也不合我的胃口"。

另一方面，谷崎对在朝鲜旅馆吃到的西餐则是赞不绝口，说是胜过日本国内的西餐。此外，他在平壤吃到的牛肉似乎也很美味。从"厚得像牛排的牛肉，却柔软得不需使用刀叉即可食用，感觉只比包子硬一点"的描述看来，他一定对这肉汁丰富的牛肉十分满意。

虽说在这里吃到的宫廷料理，与谷崎对王朝典雅的想象相去甚远，其实，就算真的重现日本平安朝时代的宫廷料理，恐怕谷崎吃了也会傻眼表示"竟然这么难吃……"吧。

Ⅳ 西餐万岁

横滨的西餐风貌

谷崎对西式文化津津乐道，有着狂热崇拜。

在对西洋文化热烈崇拜的基础之上，谷崎以横滨、神户等地的现代气息为背景，做了不少关于"西餐"的描写。谷崎作品中以华丽印象描写西餐的就有小说《细雪》、戏曲《本牧夜话》（1922年）、小说《食蓼虫》（1928年），以及散文《港都人们》（1923年）等。

《本牧夜话》是以横滨本牧为背景的群像剧，描写某户极度西华的人家，在某年夏天与聚集到别墅的外国人之间产生的复杂恋爱关系。主角赛西尔是美日混血儿，主要出场角色中也只有赛西尔之妻初子是纯粹的日本人。其他人不是外国人就是混血儿，连初子同母异父的妹妹都是日葡混血儿，可以说是一个充满洋味儿的故事。角色们住在有宽敞阳台与餐厅的别墅里，时而跳下游泳池游泳，时而享受下午茶时光，晚上则伴着爵士乐跳舞助兴……尽情享受西洋式的生活。

理所当然地，饮食生活也脱离不了西餐。跳舞跳累了休息时，用来润喉的是苏打水，吃的是用醋栗、草莓和樱桃做的派。如果不喜欢吃派，还有三明治可以选择。

　　"这里有芝士、香肠、cucumber 和沙拉……想吃什么请自己拿。"

　　"两种都好，我两种都想吃，啊哈哈哈哈。"

什么 cucumber 啊，直接说小黄瓜不行吗？令人忍不住想如此大叫的同时，不由得佩服起这发挥到淋漓尽致的西洋崇拜。以这种态度描写食物时也彻底坚守西洋崇拜的原则，在本作之中，连一份茶点都看不到日本食物的出现。

这出戏是谷崎住在横滨时期写的，当时他的家在本牧知名的恰普屋（1860 年至 1930 年，以来到港城的外国人或外国水手为对象，设有私娼，兼具卖春性质的旅社，有些也兼营酒吧或舞厅）"KIYO HOUSE"旁。大正十三年，日活制作将这套戏曲拍成了电影，由铃木谦做执导，饰演丈夫外遇对象珍妮特的是叶山三千子，她正是谷崎之妻千代子的妹妹圣子。比起妻子，谷崎更迷恋五官酷似外国人的圣子，《痴人之爱》中的主角奈绪美正是以她为原型。

神户的时髦生活

相对于美国式的横滨《本牧夜话》，融入关西港都神户西洋风情的作品则是《食蓼虫》。如前所述，本作同时也强调"和食之美"，因此，虽然书中以对照手法描写日本内敛习俗与西洋时髦生活，最后主角终究折服于日本传统美的世界。话虽如此，书中对神户的西洋风情及西餐风景的描写，依然有着令人难以抗拒的魅力。

"小夜，拿点吐司过来。"这么交代厨房后，美佐子转身打开身后的桑木茶柜。"要喝红茶还是日本茶？"

"都可以，有没有什么好吃的点心？"

"这里有JUCHHEIM①的西点。"

"吃那个就行了，不然光是看别人吃太无聊了。"

主角是一对彼此已无感情、只剩表面关系的夫妻斯波要及美佐子（美佐子的形象来自谷崎第一任妻子千代）。尽管育有一个还在上小学的孩子，两人却随时想找机会离婚，还分别找要的表弟高夏（有过离婚经验）商量离婚事宜。上述对话便是从上海短暂回国的高夏与美佐子之间的对话。

"是那样吗？"不知道是不是在装傻，她一副专心于食物的样子，当场做起三明治。先将垂直对半切开的醋渍小黄瓜切成细条，再用面包把它和香肠一起夹起来，以灵巧的手势送入口中。

"那个看起来好好吃。"

---

① Juchheim，指尤海姆年轮蛋糕。——编者注

"是啊，还蛮好吃的噢。"

"那小小的是什么？"

"这个？是肝脏做的香肠，在神户一间德国人开的店买的。"

"这么好吃的东西，在客人面前是不拿出来的吧？"

"那当然啰。这是我每天早餐的配菜。"

"可以给我吃一小块吗？比起西点，我更想吃那个。"

"啊姆～"美佐子这么说着，喂高夏吃了一块三明治，两人感情看起来好得异常。不过，一旦知道高夏的形象来自"细君让渡事件"中的佐藤春夫，各位一定也能理解。高夏养了一只名叫"林迪"（取自林德贝格）的西洋犬，住在大阪的主角夫妻也过着往来阪神间的西式时髦生活。丈夫身穿灰色法国亚麻西装，到了神户就去东方饭店吃午餐，"餐后花上二十分钟慢慢啜饮一杯法国廊酒，趁着微醺酒意未退时搭车到山手的布连德先生家门前，用手上握着的蝙蝠伞尖按门铃"。这是主角日常生活的一幕。

JUCHHEIM 的西点、在德国人开的店买来的香肠、餐后的法国廊酒……这些全都是暗示主角夫妻西式生活的符号。然而，那些西洋食物描写得愈有魅力，他们的生活愈是被强调得有钱有闲，就愈是产生一股难以言喻的独特空虚氛围。这究竟是为什么？

其实无法真正爱上西餐

事实上，谷崎本人并不爱吃西餐。尽管他的小说中充满向往西餐的描写，但实际生活中的谷崎吃西餐只为健康，绝对称不上喜欢。这出人意料的一面，在散文《西餐之事》（1924 年）中描述如下：

> 我因患有糖尿病，不得已才吃西餐，其实很少觉得西餐美味。去过外国才知道，日本最好吃的料理是中国菜，其次才是日本菜——这两者都还称得上是料理，至于西餐，我根本不想称之为料理。

无法爱上西餐的原因有几个，首先单纯因为难吃。谷崎对西餐的评价犀利得毫不留情，不只认为日本国内的西餐厅烹饪技术拙劣，更综合开过洋行的人的意见推测，认定即使在外国，西餐本来就是这么难吃。

谷崎讨厌西餐的另外一个原因是，西餐的规矩太琐碎烦人。正如第一章提及的谷崎美食哲学："品尝美食时要抛开性感美貌或潇洒时髦的外表，牛饮马食才能尝得美味。"由此可知，谷崎认为唯有不顾一切专注于吃才是真正的美食家。只重视表面用餐礼仪则是无聊透顶。就这点来说，西餐规定使用刀叉，注重烦琐的餐桌礼仪，甚至要求穿着正式服装，令人无法打从内心享受饮食的乐趣，和谷崎理想中的饮食正好完全相反。

仔细想想，西餐的特色在于那清爽时髦的餐厅气氛。雪白的瓷器、桌巾、闪闪发光的玻璃或金属制餐具——靠着利落而令人愉悦的色彩掩饰食物本身的不足。

换句话说，想提振精神，让自己容光焕发的时候最适合去吃西餐。他曾引用损友之言，说在风月场所玩乐到天亮，欲将身心洗刷一番的时候，比起去笹乃雪吃豆腐，最好还是去吃西餐。真是没有比这更讽刺的说辞了。

西洋憧憬的幻灭

年轻时讴歌西洋生活，创造出充满西洋憧憬的作品的谷崎。追根究底，谷崎这强烈的西洋崇拜，反过来说正是"对憧憬的幻灭"、对"堕落偶像"的近乎憎恨的情感。崇拜与憎恶，两者始终是一体两面的矛盾存在。

曾极端地说自己"对西洋的崇拜就像人类崇拜神明一般"的青年谷崎，就已经以西洋崇拜和对外语的自卑感为主题，写下早期短篇作品《德探》（1915 年）。因自己生于日本而哀叹命运不公的主角认定"唯有尽可能接触'西洋'，或是与'西洋'同化，自己的艺术之路才得以开拓"，所以找了意澳混血儿 G 氏，向他学习法语。

之后，听闻"生于俄罗斯的魔性之女"在银座开了一间可疑的酒吧，基于对西洋的憧憬、好奇与下流邪念，主角和朋友们一起去了酒吧，迎接他们的却是打扮低俗、年老色衰的酒家女。

我们三人坐在狭窄室内的大沙发上，她们各自端着装了洋酒的酒杯，如猿猴一般跳上我们的大腿。其中一人忽然将我推倒在椅垫上，光裸的手臂缠绕我的脖子，执拗地卖弄肉感媚态，强向我推销酒色。

文中将这个俄罗斯女子描写为"年约四十的妇人，像一只非常肥胖的怪物""长了一副狮鼻大口，瞪着橡果般的眼睛，狰狞的脸上做出诡异的笑容"，形容得非常不堪。主角怀疑身为日本人的自己受到敷衍，择日又带着 G 氏一同前往酒吧，对方却告诉他"俄罗斯的女人都是野蛮无礼的野兽"。不止如此，之后更得知 G 氏真正的身份是"德探"，也就是来自德国的密探间谍，主角对西洋的幻想可说是双重破灭。

"对男人而言，女人不再是女神时，除了成为玩具之外什么都不是。"这是谷崎在另一篇小说《黑白》中提出的惊人言论，对西洋崇拜者而言，或许可以直接将"女人"两字替换为"西洋"。当曾经向往的西洋不再是"神"，吃西餐也瞬间从需要正式打扮才能上桌的清净仪式，摇身一变成为单纯的符号，成为仅供消费的"玩具"。

专栏④

学会品尝芝士的江户人

芝士传到日本的年代出乎意料的早，飞鸟时代就从印度经由中国、朝鲜传入日本，当时的名称是"苏（酥）"，直到平安时代都作为宫中药材使用。另外，江户幕府八代将军吉宗之后，荷兰的芝士也开始进入长崎出岛。只是不管哪一种都属于稀有珍品，绝非一般庶民可轻易获得之物。

明治开国之后，芝士随各种西洋文物进口到日本，函馆的特拉普派修道院等地亦开始自制国产芝士。谷崎在《伊豆山漫谈》（1959 年）中回忆起身为江户人的自己如何尝试吃芝士这种外国食物的往事："上流社会的状况姑且不提，我应该属于民间最早品尝芝士的第一批人吧。"

他第一次听闻芝士这种食物，是明治三十八年

（1905 年）就读一高（现在的东京大学）时的事。当时二十岁的谷崎在畔柳芥舟老师的指导下接触了杰罗姆·K.杰罗姆的作品，从《三人同舟》中读到"芝士"这个词，即使听了老师的说明仍无法体会那是有着什么样滋味与气味的食物。于是，身为西洋饭店精养轩家庭教师的他，便去了精养轩开设的西洋食材店买来格吕耶尔起司。起初只觉得吃起来油脂味很重，并不好吃也没什么特别，渐渐习惯之后，也会用来下酒。

看到没吃过的食物就想吃吃看，想用自己的舌头品尝味道，从这个小故事就能一窥谷崎旺盛的好奇心。

Ⅴ 想吃肉！

鼻祖・肉食男子

最近常听到对恋爱或性欲淡然无感的年轻男人被形容为"草食系男子"，也有内在明明充满肉欲，外在却披上一层"蔬菜外皮"的"高丽菜卷男子"等。就这点来看，谷崎无论在字面或隐喻上都是个不折不扣的"肉食系男子"。

早期作品反映了作者年轻气盛，经常可见对牛肉锅或牛排的描写，象征青年血气方刚的野心与发泄不尽的性欲。

具有自传性质的小说《鬼面》（1916 年）中就有这么一段。

愈是无法随心所欲，想吃的东西或想见的事物愈是不断浮现在眼前。从早到晚满脑子只想着西餐中的牛排，想象那满布温暖油花、香甜浓厚的肉味，舌上有时甚至盈满了唾液。

书中如此描绘受食欲折磨，整天只想吃牛排的年轻人的形象：

放在水火炉上的铁锅里是煮得柔软浓稠的褐色肉块，若能把那和温热的白饭一起放进口中，像马一样发出哈呼哈呼的吹气声，将嘴里的肉块咬得稀巴烂，不知道会有多么美味。像这样用食物沉甸甸地塞满整个胃袋，肚子像皮球一样膨胀起来时，不知道会有多么愉悦，感觉不枉此生。

这一段描写的是《金与银》（1918年）中，主角青野幻想自己能在一个名叫大川的人家吃到牛肉锅，特地不吃午餐空着肚子前往，结果对方端上来的却是炸虾饭。期待落空的青野情不自禁"啧"了一声，暗自埋怨

"竟然是炸虾饭"。其实这碗炸虾饭应该也十分美味，懊恼的青野却说那"可恨得令人几乎落泪"。竟然想吃牛肉到了这个地步，那股执着不禁令人愕然。

除此之外，在 *The Affair of Two Watches*（1910年）中也提到炖牛肉和牛排，而在同为自传色彩强烈的《羹》（1912年）中，更是描写了一群一高男学生聚集在牛肉锅店丰国或江知胜，大啖寿喜烧、肉味十足的场面。

明治时代的肉料理诸事

站在现代饮食生活的角度，肉几乎是每天餐桌上必备的食材，寿喜烧或牛排等食物也不是吃不起的高档美食。然而，对明治时代的日本人而言，吃肉这件事有别于现代人吃肉，具备特殊意义。

日本有很长一段时间因为受到佛教影响，将兽肉视为污秽之物，表面上将吃肉视为禁忌（民间乡土料理少不了使用兽肉，这点在此暂时另当别论）。开国之后，西洋文明以锐不可当之势流入日本，作为文明开化的一环，日本人开始将肉食列入普通饮食生活之中。不过，当时国内畜产业尚未发展完全，食用牛肉多半从中国、朝鲜和美国输入横滨。

西餐餐饮业是自幕府末期的横滨接待所为了接待来到日本的洋人而开始发展。江户幕府最后的将军德川庆喜原本就喜欢吃萨摩产的猪肉，还因此被称为"豚一样"①，在招待那些外国海军司令、公使享用法式飨宴之后，似乎大开了庆喜对西餐的眼界。不久，箱馆、横滨、长崎等外国人居留地纷纷开设以外国人为对象的餐厅，以法式料理为中心的西餐就此开始发展。就肉食料理来说，主要有炖牛肉、牛排（语源来自法语中的牛排"bifteck"）、炸肉排（语源来自英语中的"cutlet"）、火腿等菜色。

在这样的趋势下，相较于直接使用西洋烹饪法的西餐，日本人还发明了不使用奶油，改为配合日本口味调味的和洋折中的料理。其中最具代表性的食物就是牛肉锅（寿喜烧，也称锄烧）。

如前所述，食用牛肉从外国人居留地横滨进口，并在同一地点设置屠牛场。幕府末期的文久二年（1862

---

① "豚"在日语中是猪的意思；"一"指的是一桥家，因德川庆喜曾过继给一桥家；"样"是敬称。——译者注

年），入船町经营居酒屋的伊势熊于店内另开"牛锅屋"，被视为日本最早的寿喜烧，此后横滨的牛肉锅店如雨后春笋出现。和现代寿喜烧不同的是，当时的牛肉锅以一人一锅的方式提供，且最初使用的是牛肉块而非牛肉片，调味则是和现在不同的味噌口味。

明治元年（1868年），东京的芝区也开了屠牛场，新桥一带牛肉锅店暴增，这种食物开始风行于庶民之间。假名垣鲁文在著作《安愚乐锅》（1871年）甚至写下"无论士农工商男女老幼贤愚贫富，只要不吃牛肉锅就视为未开化之徒"的语句，可见牛肉锅在当时如何被看作文明开化的象征。贩卖牛肉锅的不只有高级餐厅，也有肉质较差、锅具脏旧的店和露天摊贩等更粗鄙的地方，档次参差不齐。

过了不久，牛肉锅的调味从味噌转变为割下（酱油、砂糖与味淋调成的酱汁），锅料除了牛肉外也加入大葱、白菜、白蒟蒻丝、豆腐等，并衍生出蘸生蛋液吃的习惯。牛肉锅的形式从原本的一人一锅变成数人份的大锅，朝着今日常见的寿喜烧的方向慢慢演变。此外，也有人说"寿喜烧（音同锄烧）"这个名称来自关西地区，起源为在户外将鸡肉等肉类放在锄头上烤来吃的江户时代农民料理。

为国吃肉！

认为寿喜烧是一种健康食物的现代人一定很少吧。在我们的观念中，这是一种虽然不太养生却很美味的食物，吃这种食物也可以说是生活中的小奢侈。然而，对明治时期的日本人来说，对牛肉锅的观念正好与我们相反，他们认为这是一种养生而对身体有益的药膳。

服部诚一在《东京新繁昌记》（1874—1881 年）中，将牛肉形容为"开化之药铺、文明之良剂"，倡言吃牛肉锅有助于健康长寿。

更有甚者，对明治时代的日本人来说，吃牛肉不只是个人饮食上的喜好，还关乎"强健国本"的问题。以"富国强兵"为口号的明治政府，为了打造士兵强健的体魄，初期已引进牛肉作为军粮食材，用牛排、烤牛肉等西洋料理奖励士兵（江原绚子等著，《日本食物史》，吉川弘文馆，2009 年）。

西式"肉食文化"的真相

吃肉、成为体魄强健的现代人、投入开化文明之中——

在那个时代，国家希望国民多食牛肉的政策，与国民想吃、好吃牛肉的欲望正好不谋而合。那么，当每个人都像洋人一样吃牛肉，男人打造出强健体魄，女人获得丰满娇躯之后，接下来又会发生什么事？针对这套"肉食文化系统"，谷崎提出如下一番饶富兴味的考察。

仔细想想，西方人真是奇异的人种。连女人都拼命运动，尽情享用牛油、牛肉等油脂丰富的食物，把肚子吃得饱胀圆鼓，再尽可能锻炼肉体，然后穿上那种挑逗的衣服。说到西方女人的流行服饰，讲求的就是如何以最有效率、最一针见血，也最激烈的方式刺激……她们的衣服完全针对这样的目的设计。(《黑白》)

原文的"……"部分是当时检阅制度下的"伏字"①，根据前后文脉判读，谷崎想说的应该是刺激"男人的性欲"吧。谷崎援引托尔斯泰《克莱采奏鸣曲》的内容，认定西方女性摄取营养的食物并勤做运动，塑造出魅力性感肉体，穿上强调丰满胸部与纤细腰肢的礼服，目的只为刺激男人性欲，使他们陷入苦恼。不过，谷崎这番言论最后并未如托尔斯泰般提出"禁欲、禁酒、不吃肉、尽可能逃避与女性的接触、保持纯洁"（《性欲论》）的主张（话说回来，在书中如此主张的托尔斯泰本人一辈子却生了十三个孩子）。

实际上看到这个，总会莫名产生"想活下去"的感觉。"不活下去太不划算了，人生之中有这么美的动物，为了拥有她们，值得我们一辈子努力工作赚钱——"就像这样，书中将女人看作西方男人积极进取、勤勉向上的诱因，女人的服装则是刺激男人行动的原动力。

———————————

① 即不能公开的文字，也就是中文的"此处省略几百字"。——编者注

换句话说，将男人对女人的欲望解释为男人积极进取的原动力，更进一步认为文明就此得以发展，谷崎本身也认同此价值观（虽然并非全面认同）。他说："西方人之所以勤奋积极，西方文明之所以获得发展，都是女人穿着挑逗服装的缘故。"这番话要是让《新教伦理与资本主义精神》的作者马克斯·韦伯（提倡基督新教的禁欲主义是近代资本主义发展之推手的德国社会学家）听见了，一定会非常惊讶吧。不过，的确很像有趣的肉食系男子谷崎润一郎会说的话。

类似内容在散文《恋爱及色情》中也曾提及。然而，在另一篇《懒惰说》中，谷崎又以肯定的态度赞扬与西方文明形成对照的亚洲式"清心寡欲"及"敷衍了事"文化，相较之下，"肉食度"降低了不少。从那个时期起，谷崎小说中也愈来愈少看到牛排或牛肉锅等肉食出现。话虽如此，终其一生，谷崎都没有失去对"生命／性"的关心及执着。只是随着年龄的增长，他在文学上以肉食比喻情欲的嗜好，逐渐由血腥油腻的牛肉转变为口感柔软浓稠的鱼肉罢了。

Ⅵ 鱼之百态

烦闷青年与Q弹鲍鱼

明治四十四年（1911年），二十六岁的谷崎前往东北旅行了2个月。这次旅行，谷崎与一高时代就读同届的同学，也是《新思潮》第二次创刊时的同事岸岩同行。谷崎和岸岩为了筹措《新思潮》的资金，打算回到岸位于青森县的故乡鲹泽町，向岸父亲的友人借钱。两人从1月下旬到3月下旬都待在东北，前后去了浅虫、青森、弘前、木造、鲹泽町和秋田等地。

谷崎将这趟旅行的体验融入了同年发表的诡异短篇小说《飙风》中（飙是"龙卷风"的意思）。小说主角是一个纯朴的青年画家，在认识一名吉原游女后第一次体会到熊熊燃烧般的恋情与肉欲的滋味，造成身心虚脱，陷入无力创作的状态。青年心想这样不妙，便决定带着素描本前往东北旅行。这时，那位游女恋人对他说"绝不允许你碰除我之外的女人"。因此，这趟东北之旅也可说是一趟禁欲之旅，作品宛如日记，记录了青年无可发泄的勃然性欲（附带一提，本作第一次在杂志上刊登时，因为检阅的关系满是"伏字"）。

由于故事的基调已是如此，文中连描写鱼类的笔触也难免给人诡谲的印象。

东津轻海岸捕获的鱼类都很难吃。尝一口鲍鱼，嚼起来的口感软烂如蒟蒻。唯一庆幸的是，和北国名产盐渍香鱼内脏、腌渍鲑鱼卵或飞鱼卵等令人血脉偾张的食物相较之下，吃起来还算安心。没有人比他更苦于对抗食物及性欲。吃过这类口味强烈刺激的食物后，身体必定受到某种程度的影响，不是夜里做可怕的噩梦，就是在睡醒时被榨干精气。

结束六个月的苦行回到东京，青年立刻前往游廊和恋人见面，游女一边说着"真的忍耐了半年吗"，一边挑逗青年。她一对青年施展"狡黠的手指trick""男人脚底就像鲍鱼一样蠢动"。在东津轻时被作者描述为难吃的海鲜的鲍鱼，此时以不同面貌登场了。作为一种性方面的隐喻，鲍鱼一般用来象征女性私处，像这样用在男人身上可说极为罕见。

说起来，谷崎原本就为这位男主角塑造了阴柔的形象。在旅途中抵抗各种诱惑，拼命为恋人守贞的模样，与其说是一个男子汉大丈夫，不如说更像保守贞操的处女。他也为自己白皙柔嫩的肌肤自豪，自诩不输女人，泡温泉时甚至看着自己白嫩的肌肤入迷。比起对恋人的忠心，青年的守贞似乎更是基于"不想让其他女人碰触这美丽肌肤"的自恋情结。

想到作者谷崎可能将自己的形象投射在主角身上，那股自恋味道就更浓厚了。在心荡神驰之际，有弹性的鲍鱼或许可被想成谷崎内心对"女性化之后变得美丽的自己"之终极渴望。

另一方面，《热风吹拂》（1913年）中则花了大篇幅书写与故事关联不大的鱼类杂谈。先说最符合日本人口味的食物终究是鱼，又说提到西餐时第一个想到的往往是牛排，其实法国马赛附近也很盛行吃鱼。不，最美味的当然还是日本的生鱼片。只是小田原这附近的鱼味道太粗糙，不好吃。

"在东京，人们总轻蔑地说仙台货、磐城货，认为那边的鱼不好吃。其实只要再往北去，还是有相当美味的渔产可吃。（略）西津轻有个叫鲹泽町的地方，像是鲱鱼，东京的鲱鱼吃起来不怎么样，在那里吃的生鲱鱼片可就相当不错。此外还有海参肠、乌贼以及一种叫雷鱼的罕见鱼类，也是非常好吃。"

这段内容显然来自两年前去东北旅游的见闻所得。即使描述同一样东西，一边是与色欲丝毫无关的卖弄知识，一边则形容成即使"难吃"却令人印象深刻的东西，实在非常有意思。

海鳗般的女体

寒天、麦芽糖、装在软管里的牙膏、蛇、水银、蛞蝓、山药泥、肥嫩的女体……对这类"黏稠软滑物体"的恋物式崇拜，在短篇《柳汤事件》（1918年）中发挥得淋漓尽致。到了谷崎老年时期，实际生活中更难掩吃鱼（尤其是海鳗）的嗜好，对"黏稠软滑物体"的迷恋与对鱼的执着形成密不可分的关系。

谷崎70岁那年写的《过氧化锰水之梦》（1955年）是一篇难以归类的不可思议的短篇小说，既无法说是老人的日记，也无法概括为日常生活杂记或幻想文。主角是令人联想到作者自身的老人"余"（我），于某个炎热的夏日，在家人陪伴下从热海到东京参观旅游。欣赏了脱衣舞表演，看上了一个名为春川真澄的舞娘，晚上则到中菜馆吃豪华的晚餐。隔天观赏了西蒙·仙诺主演的惊悚电影《恶魔般的女人》，在各吃了两份冰激凌和蛋糕之后，傍晚去银座散步，再到大丸百货的"辻留"吃最爱的京都菜。据说老人这天特别想吃海鳗和香鱼。

　　牡丹海鳗是辻留的招牌菜，用葛粉勾芡煮海鳗肉，汤汁里还漂浮着香菇与青菜。以日本料理中的"清汤"来说，给人相当浓厚芳醇的感觉。今晚辻留的菜色有冰镇福子（鲈鱼的幼鱼）生鱼片、牛蒡丝、使用红味噌的泥鳅汤、芝麻凉拌茄子与豇豆、生姜煮沙丁鱼、小盘梅干、炸小芋头、小碗炖鸡肉与粟米麸、小碗面线、盛成圆形的白饭搭配奈良渍与生姜、酱烧海鳗及最期待的牡丹海鳗。除此之外，店家说这天进了大只的香鱼，所以又做了盐烤香鱼佐蓼醋，这道菜出乎意料地美味。

读到这里时我不由得大惊，一个患有高血压的老人竟然能吃上这么多东西。结果，那天晚上很晚才回到热海家中的老人和妻子因为"这两天吃下的香鱼、牡丹海鳗、八宝饭和芙蓉鱼翅作祟"而饱受过食之苦，只能躺在床上打滚（这也是理所当然）……

余一边感到胃部受到大量食物压迫，一边祈求因辗转反侧而服用的安眠药赶紧生效，一边怀念起昨晚吃的牡丹海鳗来。脑中浮现海鳗雪白的鱼肉和包覆鱼肉的半透明黏液，此时这些东西肯定正在胃中失控翻腾。从海鳗雪白的鱼肉联想到正在浴缸中上下擦洗身体的春川真澄。葛粉做成的勾芡……黏稠的半流动液体包住的似乎不是海鳗而是春川真澄……不，不知不觉喇沙学园的校长米歇尔出现在浴缸里，被西蒙·仙诺饰演的情妇压进水中。米歇尔已经死了。

胃中雪白的牡丹海鳗陆续幻化为春川真澄与西蒙·仙诺等美丽毒妇的女体。包裹肉体的"半透明黏液"宛若胎盘，从鱼再生为女体，再从一个女人变成另一个女人。

描绘老人性欲的晚年作品《疯癫老人日记》（1961年）中，主角是同样令人联想到谷崎本人的77岁老人卯木督助。他也最爱吃银座高级料亭"滨作"的海鳗。

"去滨作吧，从前阵子开始，我就想吃海鳗想得不得了。""生鱼片点了两人份的薄切鲷鱼和两人份的海鳗佐梅肉。鲷鱼给老太婆和净吉，海鳗梅肉给余和飒子。"老太婆指的是妻子，净吉是儿子，飒子是媳妇。卯木把妻子丢在一旁，满心只迷恋媳妇飒子。一如期待，端到眼前的是飒子吃剩的海鳗肉。谷崎巨细靡遗地描写了被飒子故意用筷子吃得乱七八糟的盘中物。

一心想用脸颊磨蹭她那双脚。老人无法抑制心中的欲望，渴望被"小飒"美丽的双足践踏。到最后，甚至用飒子的脚取模做成未来墓碑用的佛足石，梦想连死后都能持续受到她的践踏……尽管不像《过氧化锰水之梦》中写得那么露骨直白，谷崎在这里或许也企图用雪白的海鳗来比喻飒子白嫩的双足。

追忆母亲，鱼之梦

谷崎虽会用肉食比喻女体，在形容母亲或具备母性的女人时，却不会用肉类来比喻。在他笔下，形容母亲或母性时，用来比喻的往往是鱼。

谷崎作品中，有一部以《源氏物语》为蓝本，描绘母子恋故事的《梦之浮桥》（1959 年）。故事背景是京都下鸭，住在纠之森附近一栋宅邸中的主角乙训纠，与父亲及美丽的母亲生活在一起，书中以鱼的姿态暗喻母亲的美足。

母亲有时会坐在里间池畔的栏杆旁，把我叫去，把麸丢进池中喂鱼。

"鲤鱼来来，鲋鱼来来……"

母亲一边这么念着，一边往池里丢麸。好几只藏身深深水洼的鲤鱼和鲋鱼便游了出来。有时我紧贴母亲坐在檐廊上，一起倚靠栏杆丢麸，有时母亲会将我抱在她的腿上，我便可尽情享受母亲温暖厚实大腿的肉感。

坐在地上的母亲把脚伸出去，泡在池子里，隔水望去，双足更添美感。母亲是个身材娇小的女人，"小而圆润的双脚就像白色的鱼浆"。母亲就这样把脚一直泡在水里，用全身品味清凉的感觉。"池子里的鲤鱼和鲋鱼只知一味追逐麸，怎不游到那双美丽脚边嬉戏呢"，年幼的纠如此想象。在用鱼浆（鱼肉丸子）比喻母亲的脚后又这么写，让人错觉嘴巴一开一合的鱼其实是纠自己，从中窥见贪恋母亲的近亲相奸情结。

某日，看到漂浮汤碗中的黏滑果实，纠好奇地问母亲那是什么，母亲回答那是"根莼菜"。"此乃采自深泥池之根莼菜。"听到母亲文绉绉的说法，父亲笑着说："根莼菜这发音听起来总让人好奇到底有多黏滑，从前的诗歌都被人比喻为根莼菜呢。"说着便吟起了古诗歌。这里的"根莼菜"对纠来说，象征的却是美丽温柔的母亲。谷崎自己对这个词有很深的依恋，甚至差点将本作取名为《根莼菜物语》①

然而，最爱的母亲在纠年幼时撒手人寰。就在年幼的纠难忘母亲哺乳时带给自己的安心感、尚未脱离哀伤时，父亲突然迎娶艺伎续弦，并命令儿子把这个女人当作真正的母亲。"话虽如此，现在的我觉得那是非常自然的事。原本的母亲和现在的母亲合二为一，难以区分。"

奇妙的是，少年并未反抗父亲不合理的要求。不止如此，看到继母将双脚泡在池水里，"看见透明池水中的那双脚，我不由得想起昔日的母亲，感觉像是同一双脚。"更有甚者，她也将同一种菜称为"根莼菜"，还同样提起深泥池与古诗歌的事。如此一来，纠几乎是不费

---

① （《千叶俊二·谷崎润一郎〈梦之浮桥〉草稿研究》，《学术研究（国语·国文学篇）》，早稻田大学教育学部，二〇〇六年）。

吹灰之力地将继母视为母亲，钻进她的被窝吸奶。吸奶的习惯一直持续到青春期，整个家中弥漫着一股宛如源氏与藤壶般母子相奸的氛围。

美丽得像条鱼的女人——这种形容令人不得不联想到美人鱼。《人鱼之叹》（1917 年）中象征崇高西方世界的人鱼拥有白皙肌肤，在谷崎回归日本文化后变化为"美丽母亲"的象征。

冬夜星空中闪烁的双鱼座，其起源之一正是希腊神话中，众神于川边举行宴会时突然遭受怪物袭击，美神阿芙洛狄忒（维纳斯）和其儿子厄洛斯（丘比特）化身为两条鱼，如打结般缠绕着结伴逃离。不确定谷崎是否熟知这个神话故事，对他来说，和母亲如双鱼座般纠缠相连，一定是如梦一般的极致幻想。

专栏⑤

各种点心糖果

谷崎也嗜吃甜食，他的小说和戏曲简直就像个甜点盒。

比方说《女人神圣》中就出现了大量东京的和果子①名店，有滨町的福助丸子、三桥堂的麻糬，还有荣太楼的最中饼。《金与银》中则提到了西式甜点店精养轩的冰激凌。《神童》里不但有日式甜点，还有西式甜点和水果，红豆汤、红豆馅、清寿轩的金锣饼、羊羹、今川烧、水蜜桃、蜜柑、香蕉、新杵的蜂蜜蛋糕、冰激凌等。

值得注目的是，在谷崎作品中这些名店与日式甜点的组合，与现实生活中这些名店的招牌商品有些出入。从以前到现在，清寿轩最知名的甜点都是铜锣烧，新杵

---

① 和果子：日本甜点统称。——编者注。

则是以麻糬闻名。当年荣太楼最受欢迎的也不是最中饼，而是羊羹、甜纳豆和名为玉帘的和果子。故意避开家喻户晓的招牌点心，是谷崎特有的坚持。

各式甜点中，名称尤为奇特的应该是横滨时代写下的作品《肉块》（1923年）里提到的"电气果子"吧。各位听到这个名词或许一头雾水，其实它指的就是现在的棉花糖。将砂糖放入棉花糖机，利用离心力做出的这种点心，或许因为机器的形象使然，当时的人便称其为电气果子或电气糖了。宫泽贤治的《水仙月四日》和《十月尾声》中也曾提到过电气果子。

此外，以"狐精附身"为主题的戏曲作品《白狐之汤》（1923年）中，令人意外地出现了巧克力。故事描述村里的传闻，少年角太郎的家人死于狐精附身，还有人目击他每天晚上和白狐一起泡温泉。事实上，那不是白狐，而是洋人娼妇罗莎小姐。角太郎爱慕给他巧克力的温柔罗莎，引来真正的狐精利用他的纯情乘趁而入……从角太郎身上，仿佛预见二十多年后"二战"结束时，那些对美军喊"Give me chocolate！"的少年身影。

第四章

恶心的食物

反美食的美学

除了描绘出令人垂涎三尺的美食，当作者转而下笔描写"难吃的东西"时，食物看起来就难吃得令人想吐。若至今看到的是体面的外表，那么本章要探讨的就是谷崎文学中关于饮食的内在——看起来很难吃的、病态的、令人生理上无法接受的、时而散发死亡氛围的、着眼于负面的那些东西。贪吃、中毒、呕吐、毒药、春药、难以下咽或禁忌的食物、酩酊大醉、排泄、SM……尽是教人不忍卒睹的项目。

因此，本章内容多少含有令人感觉不适之处，在此事先提出警告。如果读后打算用餐的人，或许先跳过本章比较好。不过，若彻底忽略这类恶心描写，将连谷崎作品魅力的一半也无法理解，这点也是必须事先声明的。

难吃的东西

他每天都在二楼打滚，抽难抽的香烟。抽一根敷岛牌香烟，口中立刻干燥不舒服，随后便是一阵恶心欲呕。即使如此，他就算歪着嘴巴、眼泪直流仍倔强地继续抽。

这是《恶魔》（1912年）中硬逼自己抽劣质香烟的男人。不只美味的食物，谷崎在描写与美食相反的"难吃的东西"时也用尽全力，决不妥协。比方说下面这个例子，在《鬼面》（1916年）这部作品中，为了处理腐臭的烧卖，不得已直接吃下的场景。

强忍令人不快的异味，闭着眼睛吃下一两颗腐坏得像是肿胀溃烂的烧卖。然而，当它们通过喉咙的那一刹那，强烈的呕吐感翻涌而上，他又对着摊在榻榻米上的包袱巾全吐了出来。

为什么要描写到这种地步……看到谷崎揭开食物恶心的一面，令人忍不住这么想。然而事实上，"美味／难吃""芳香／恶臭""美／丑"都是一体两面。莎士比亚《麦克白》中的三个女巫也曾说"美即是丑陋，丑陋即是美"。

以古典主义式手法探究此问题的作品是取材自《今昔物语》的王朝小说《少将滋干之母》（1949 年）。老人大纳言 ① 藤原国经美丽的妻子，被年轻的左大臣 ② 藤原时平强夺，国经之子滋干思慕被带走的母亲。故事的核心围绕男人们对少将之妻的恋情与执着展开。

妻子遭强夺的国经因为无法从打击中站起来，整日沉溺饮酒，为了寻求救赎而开始"不净观"的修行。在观想人类的不净（秽物）之后——

国经领悟到人类各种感官的快感只不过是一时的迷惘，于是，不再爱恋过去爱恋的人，开始明

①② 均为日本官职。——编者注

白过去认为美观、美味、气味芬芳的东西，其实不美、不好吃也不芳香，都是肮脏的秽物。

如此一来，国经斩断了执着。他甚至展开壮烈的修行，在坟场的尸体前冥想，试图将美丽妻子的身影与长蛆腐烂的尸体的形象相重叠。

是毒还是药

乍看之下和他的形象不符，其实谷崎个人生活中非常喜欢服药和打针。他对药物种类及性能知之甚详，常自己主动服用。《细雪》开头便有这么一段：

> "对了！我是'B不足'。妙子可以到下边去，交代她们要消毒针筒好吗？"

这一段堪称本书知名场景。针筒与药物是主角一家的常备物品，一点小毛病就说自己"B不足（缺乏维生素B）"，动不动就想打针。根据宫本德藏的分析，"'生病'或'药物'对这户人家来说，是彼此之间玩耍用的小玩具，也可说是一种游戏方式。"到了谷崎老年时，这种倾向更加明显。《钥匙》《疯癫老人日记》等老人小说及《关于高血压的回忆》（1959年）等对抗病魔时写下的随笔散文，都看不到对疾病的喟叹，反而"像在阐述什么有趣的事一般"、表现出"近乎偏执地沉溺于疾病中"的一面。[①]

一如构成"毒药"这个词的两个字，"毒"与"药"之间本质上可说没有差异。无论何种物质对人体来说都有"作用"（效果）与"副作用"，差别只在副作用较大时就成了"毒"，反之即成为"药"。即使是同样的物质，根据使用程度和使用方法的不同，既可是毒也可是药。比方说，既可当镇痛剂使用又属于毒品的吗啡，就是个很好的例子。

没有哪个作家比谷崎对食物中"毒／药"的矛盾更敏感了。让我们来看看本该助人延续生命的食物摇身一变为毒药，以及因滥用药物而导致毁灭的瞬间吧。

---

① （《润一郎嗜好》，《文艺春秋》，1999年）

一心想毒杀妻子……

作品中开始频繁出现"毒杀"的题材，是谷崎三十几岁时，实际生活中与第一任妻子千代及友人佐藤春夫之间出现三角关系，甚至牵扯入妻子的妹妹圣子而发展成四角关系之后的事。谷崎对柔顺平凡的千代失去情感与耐性，和妻妹圣子私通。另一方面，佐藤对受荼毒的千代逐渐由同情产生爱慕之意。对盼望与圣子再婚的谷崎而言，千代的存在无疑是个阻碍。然而现实中又不能真的要她去死，于是内心不断累积的怨愤，就此接连化成以丈夫毒杀妻子为题材的小说。

《受诅咒的戏曲》（1919 年）中，图谋杀妻的丈夫"凝望妻子的脸，就像厨师检视拿来做菜的鲜鱼或蔬菜"，将自己比喻为厨师，妻子比喻为食材。

侦探小说《途中》（1920 年）描述丈夫为了以完全犯罪手法谋杀妻子，刻意改变生活习惯，设计妻子过不健康的生活。建议妻子饮酒、吸烟、洗冷水澡、喝生水或吃生食。搬家到传染病多的区域，故意将厕所设在容易滋生蚊蝇的西晒方位……其手法之阴险执着，不只令人毛骨悚然，更使人惊讶不已。

读了这些作品，不由得怀疑谷崎这个男人只是碰巧没有做出犯罪行为，本质上说不定根本就是缺乏道德意识的精神病患。不过，描写两男一女三角关系的作品《神与人之间》（1923年）虽是一本私小说性质更为强烈的作品，书中被毒杀的却是相当于谷崎本人的角色。

故事主角是医大学生穗积（影射佐藤）和他恋慕的前艺伎朝子（影射千代），以及穗积的作家友人添田（影射谷崎）。和朝子结婚的添田在外另结新欢，生活放荡不羁又虐待妻子。穗积看不下去，一心想拯救朝子，两人却始终无法结合，只是不断遭恶魔般的添田利用。走投无路的穗积注意到添田为壮阳而饮用的"西班牙之蝇"，这是过去萨德侯爵与娼妇翻云覆雨时使用的春药。穗积暗中使添田服食过量"西班牙之蝇"，导致他罹患肾脏炎而死，最后终于得以与朝子成婚。

下毒的女人们

话说回来，从古至今，不问东西，在一般人的印象中，对食物或饮料下毒的多半是女人，毒杀也多半是妻子杀夫时常见的手法。或许是从杀妻的执着中获得解放了吧，某一时期之后，谷崎笔下便不再出现毒杀妻子的情节，取而代之的是开始描写起"下毒的女人"。

有女同性恋文学金字塔顶端之誉的《卐》（1928年）便是一例。人妻园子与年轻貌美的光子成为一对恋人，然而野性奔放的光子已有名为绵贯的未婚夫。在阴险的绵贯的要求下，园子被迫与他签订"兄弟誓约"。园子的丈夫也受到光子勾引，不知不觉夫妻两人一起落入光子的阴谋，被她榨得一干二净。在彼此的猜疑中，两夫妻每天都被光子喂食药物（"平时使用的安眠药"），身心俱疲。

因为胃不好，每天吃的药分量又多，或许是一时之间无法吸收完毕，有时到了白天依然意识蒙眬，不知道自己是活着还是死了，脸色越发苍白，身材消瘦，最令人感到困扰的是感觉变得愈来愈迟钝。相较之下，光子一方面虐待我们两人，连吃饭的分量都要限制，另一方面她自己却吃尽美食，脸色红润又有光泽。换句话说，只有光子一个人在我们眼中如太阳般闪耀，无论脑袋多疲惫，只要看到光子的脸就像复活了似的。她成了支撑我们活下去的唯一乐趣。

这个来路不明的女主角光子一方面看似崇高如弥勒佛，一方面又散发新兴宗教"教祖"的可疑气质。

中篇小说《钥匙》（1956年）里关于性爱场面的描写，甚至被当时的国会视为问题作品，引发"艺术或色情"之议论。故事描述中年大学教授故意让文静乖巧的继室郁子接近一个名叫木村的年轻男人，好让自己享受沉浸在戴绿帽的被虐快感中。贤淑的妻子柔顺地听从丈夫安排，彼此还故意让对方窥看自己的日记（丈夫以片假名书写，妻子则以平假名书写）。不止如此，木村其实是丈夫的亲生女儿敏子的未婚夫，这群人的关系简直乱七八糟。不久，郁子与木村共谋，试图以增加白兰地饮用分量，刺激血压上升的方式杀夫。

郁子和众多"下毒的女人"有一线之隔的地方，在于她自己也过量饮用白兰地，好几次喝到不省人事，逐渐失去理智。也可以说，她虽是对丈夫下毒的女人，每次下毒时，自己也吃下相同的毒药。

附带一提，很长一段时间，大众一般相信郁子的形象来自谷崎的第三任妻子松子，其实并非如此。在渡边千万子的手记《落花流水》（岩波书店，2007 年）中揭露了这个角色应该来自松子之妹，深受酒精中毒之苦的重子）。

酒与酪酊

> 如果能拜拿破仑干邑之赐醉成那样，同时能再次感受到那种幻觉的话，不管几次我都愿意再喝那种白兰地。我得好好感谢教我醉成那样的丈夫才行。(《钥匙》)

2015 年 9 月，54 岁的女演员川岛直美过世了。她在 1997 年时曾与柄本明合演电影版的《钥匙》。热爱葡萄酒的川岛直美小姐演起日日沉溺于干邑白兰地的奔放人妻，着实令人印象深刻。人生如此，这部电影成为令人不胜唏嘘的作品。

那么，谷崎作品中又是如何描写酒的呢？

追求刹那救赎

"酒，就是酒。只要能喝酒，内心的骚动不安一定能平息。"（《异端者的悲哀》）

在谷崎的小说及戏曲中，出现酒的作品数量很多。不过，那些都是"喝闷酒"，是消极的饮酒方式。换句话说，喝酒的场景往往并非出于积极享乐，而是为了逃离恐惧。酒在他的作品中乃是自甘堕落与毁灭的象征，也被描写为面临死亡威胁时，在恐惧中寻求的刹那救赎（但很快又会转变为一场噩梦）。

就像这样，一感到恐惧就赶紧拿出抽屉里的威士忌来喝。

恶性病毒仿佛随酒精一起入侵大脑与身体。（《恶魔》）

年轻时的谷崎深受焦虑症的折磨。因为依赖酒精缓解不时发作的焦虑症状，他经常随身携带小瓶威士忌。作为焦虑症的症状之一，他也患有严重的火车恐惧症。短篇小说《恐惧》（1913年）描绘的就是这种痛苦。非搭乘火车不可的时候，就靠喝酒来缓解内心涌现的恐惧，然而又因过量饮酒而陷入酩酊大醉、不省人事的状态。《恐惧》这篇铁道小说描写的便是如此令人喘不过气的痛苦状况。

不自然的、强制性的醉意逐渐膨胀，开始侵蚀我的肉体。尽管一直安分地坐在位子上不动，我仍能清楚感觉到那近乎疯狂的醉意毫不客气地腐蚀我的灵魂，麻痹我的感官，令我不知何时涣散了双眼。我睁大空洞的眼睛，凝视着往来于眼前的各种热闹明亮的光线。

上述文章出自随笔散文《青春物语》（1932年），以令读者陷入酩酊感觉的笔触详细描写了自己的焦虑症与酒精之间的关系。

说到谷崎笔下独特的酩酊感，就不得不提以女装嗜好为题材的《秘密》（1911年）。主角一边啜饮威士忌，一边穿上女装，站在化妆台前化妆。

凝视镜中斑驳白粉渗入肌理粗糙而下垂的脸颊皮肤时，一股颓废的快感如喝了陈年葡萄酒的醉意一般刺激着灵魂。

在此，男扮女装的颠倒快感与酒精带来的酩酊醉意难分难解地合二为一了。

而在《到被抛弃为止》（1914年）中，酒精则奇妙地结合了被虐式的女性崇拜。书中角色幸吉严厉指责酗饮苦艾酒的女人，"只要有一点喝醉，那时的你就只是个普通的女人，只是个低贱又无知的世间平凡女子。"他要求女人远离酒精，然而，如此责备对方的自己却也喝得烂醉如泥。

不知不觉，酒精的力量诱惑着他的心，进入一种不可思议的状态。原本不断批评责怪女人行为的他，长时间说着说着，竟转为极力赞美起对方来。他开始暴露自己的弱点，老实坦承自己对女人毫无虚饰的情感，甚至到了夸张忏悔的地步。

最后，他跪在她的面前说"只要能停止喝酒，你对我来说将无比伟大。成为我的神，我的恶魔，甚至是我的暴君"。酒精颠倒了两人的尊卑关系，将乍看之下皆不正常的被虐嗜好与女性崇拜结合在一起。

酒与谎言

长篇小说《黑白》是一部悬疑推理风格的小说，描写主角作家水野一发表作品《到杀人为止》，现实生活中就同样发生了杀人事件的故事。谷崎在故事中段以很长的篇幅书写主角与女人的情事。

主角在银座的伦敦酒吧认识了一个似乎是从德国回来的年轻女人。女人以德语说"Nein nein, ich kann nur Whiskey trinken（不行不行，我只喝威士忌）"。这位人称"兴登堡小姐"（简称兴小姐）的嗜酒女打字员，与水野签下情妇契约。

随着醉意的加深，水野开始无止境地想象起如梦一般的美事。自己仿佛成了法国色情小说中的男主角。那样的女人怎么可能出现在东京正中央，还跑来银座的咖啡厅或酒吧钓男人，那一定是梦。

一如这段水野内心的独白所示，他和兴登堡小姐之间的交往有如梦幻（fantasy）一般不具现实感。后来女人在对话中逐渐暴露破绽，令人怀疑她是否真的从德国回来，又是否真的在领事馆工作。两人的对话充满各种酒，环绕着威士忌、莱茵的葡萄酒、白兰地、干邑白兰地的品牌轩尼诗、马爹利……当男人表现怀疑时，女人伶牙俐齿的反驳也非常有意思。令人联想到《痴人之爱》中，奈绪美仗着让治对酒所知不详，利用这点哄骗他的情节。

东洋幻想式的酒

然而，一旦场景转换为中国，谷崎对酒的描绘笔调就完全不同了。谷崎独特的异国风情情结与华丽绚烂笔触爆发，东洋美酒在他笔下升华为神秘梦幻之物。

夫人——朝珍奇酒杯中注酒，请一行人品尝。其滋味之美妙，足可令人轻视真理之价值，赞扬美丽之事物。散发碧绿光芒的透明碧瑶杯中所盛的酒，有着过往人间从未有人品尝过的天上欢乐甘露滋味。还有一只如纸般轻薄的浅青玉色自暖杯，只要朝杯中注入冷酒，稍待片刻，酒液便沸腾加热，灼烧伤心人的肠子。以南海虾头制成的虾鱼头杯上抽长数尺愤怒张扬的红须，杯身以金银镶嵌海浪泡沫图样。

这是在取材自《论语》，以古代中国为背景的《麒麟》（1910 年）中，既是绝世美人也是绝世恶女的卫灵公夫人——南子款待孔夫子并加以诱惑的场景。

《人鱼之叹》（1917 年）则是描写清朝南京贵公子孟世焘从荷兰人手中买下并爱上美丽人鱼的幻想绮谭。隔着玻璃水槽怀抱对人鱼难以实现的恋情，为爱所苦的孟世焘某天晚上"因为实在太悲伤，于玉盏注入热绍兴酒，享受那液体强烈烧灼肠子，遍及全身的快感"。此时，水中人鱼浮起，要求喝酒。"如果你真懂得不可思议的魔法，至少在今晚幻化为人形吧。"孟世泰如此说着，让人鱼饮酒，人鱼因此能说人话。酒令人鱼恢复神通之力，酒也令原不相容的人与人鱼得以结合。

《天鹅绒之梦》（1919 年）描写在杭州西湖畔拥有别墅的富豪与其情妇（女王），买下数名美少年、美少女奴隶作为"欢乐的道具"。小说内容以奴隶们的证词构成。

> 我第一个看见的是那可爱的西洋酒坛。听说里面深绿色的酒叫薄荷。装满那种酒的玻璃坛子比那天井里的水更浓，散发着祖母绿宝石般诡异的光泽。

美丽的绿色酒坛中还放着尽情伸展的大红珊瑚树，女王入神地欣赏珊瑚，连酒都忘了要喝。

此外，在戏曲《苏东坡》中，谷崎将历史上真实存在的诗人苏东坡（苏轼）描写为可爱的嗜酒诗人。这部作品虽毫无幻想元素，以喜剧调性呈现，但对酒的描写乐观开朗，在作者其他写实作品中几乎看不到这样的描写。

专栏⑥

家家酒

　　由热衷电影的谷崎撰写脚本，栗原汤玛士执导的作品《女儿节之夜》于1921年上映。内容描写女儿节的夜晚，爱子冷落向来珍惜的兔子玩偶及洋娃娃玛莉，将心思全放在女儿节人偶身上。结果那天夜里爱子做了一个梦，梦到兔子玩偶精与洋娃娃精带着她翻山越岭，四处游玩。于是隔天一早，爱子把兔子玩偶和洋娃娃玛莉一起摆在女儿节人偶旁。看起来是个童话风格的温馨幻想故事。

　　谷崎的女儿鲇子饰演爱子。继妻儿参与演出的《业余俱乐部》（1920年上映）后，又是一部溺爱女儿的傻爸爸电影？电影在谷崎位于小田原的宅子拍摄，谷崎本人也加入操纵人偶的行列。乍看之下，似乎是一幅令人莞尔的温馨家庭景象，事实上，扮演洋娃娃精的是叶山三千子，她是谷崎妻子的妹妹，也是他的情妇圣子（附带一提，饰演兔子玩偶精的是野罗久良夫，即冈田时彦）。

知道这点之后再来看这部电影，就会发现温馨氛围只是表面的假象，或许该说这是一部略带恐怖氛围的家庭惊悚片才对。就连剧中爱子玩家家酒的场景，人偶嘴边都沾着诡异的饭粒，夜里灵魂附体的人偶吃起供品炒豆子的场景，也有几分莫名的惊悚感。

日文"家家酒"一词源自幼儿语中的"饭"。如果想看惊悚度远远超过《女儿节之夜》的真正惊悚"家家酒"，建议不妨一读谷崎的短篇作品《少年》（1911年）。

蒟蒻与 SM

超越嗜吃与狂食，到了惊人的暴饮暴食地步的《鲛人》（1920年）；在少年少女乍看平凡无奇的游戏中交织悦虐与粪尿嗜好的《少年》（1911年）；因牙痛恐惧咀嚼而使进食转变为忧郁的《从韭崎氏口中喷出诗贝耶尔施因泰的故事》（1933年）；误将沙子放入食物中烹饪的厨师，被人称"杀生关白"的丰臣秀吉以令人战栗的方式虐待的《闻书抄》（1935 年）……

让我们以窥看恐怖事物的心态一探谷崎作品中种种不健康到了极点的丑恶食物吧。

乍看之下毫无共通处的"蒟蒻"与"S／M（施虐／受虐）"，两者之间到底有什么关系？蒟蒻的弹性晃动感和 SM 的愉虐嗜好在谷崎笔下呈现奇妙的融合。

首先，看看少年谷崎与蒟蒻的第一次相遇吧。根据自传小说《少年的记忆》（1913 年），主角（谷崎）的母亲以蒟蒻不好消化为由，禁止十岁以前的他吃蒟蒻。然而，"愈被禁止我就愈想吃吃看蒟蒻这种食物。那鼠灰色的，表面柔滑的、充满弹性而晃动不已的不可思议形状，驱使了我的某种好奇心，究竟吃到这东西时舌头会有什么触感，我情不自禁地做了各式各样的想象"。

终于届满十岁，少年谷崎得以一偿夙愿，有生以来第一次获得允许，吃下正月年糕汤中的配菜蒟蒻。

我好奇地试着舔了舔光滑的蒟蒻表面，再"咻"的一声吸入口腔，用舌头含住。就这样首次品尝了蒟蒻的味道，和我从外观形状上想象的味道一模一样。我也从此得知，人类喜欢的食物可分为两类，一类以满足味觉上的快感为首要条件，另一类以满足触觉上的快感为首要条件。从此之后，我就非常喜爱吃蒟蒻了。

不得不说，这个阶段已可预感他对蒟蒻的喜爱将朝情色感官的方向发展。满足触觉快感的蒟蒻，在《憎念》（1914 年）这个短篇作品中，果然就被用来描绘施虐情结。故事中，名叫安太郎的丑陋少年仆人受到主角的责打虐待，看到安太郎肥胖的身躯受虐抖动的模样，激发了主角的嗜虐心。然而，"自己会这么想绝不特殊。任谁都曾在孩提时代沉迷于揉捏蜡球或黏土吧？用舌头或筷子拨弄蒟蒻与凉粉时也觉得很愉悦吧？不是也有女人特别喜欢拔别人的白头发或帮别人挤脓吗？就和那一样，这是万人共通的性癖"。谷崎如此辩解，寻求读者的共鸣。

我对虐待安太郎的肉体感到有趣，这和喜欢

玩蜡球或吃蒟蒻是同样的心情。蒟蒻或凉粉那类食物充满弹性抖动的样子，光看就觉得奇妙饶富趣味。我完全是出于这种好奇心而想再欣赏一次安太郎被打得满地打滚的模样。

和这段情节几乎完全一样，《少年》里也描述了年幼的仆人被主人家少爷虐待，屁股肉如蒟蒻般弹动颤抖的模样。主角"我"在一旁凝视这一幕，暗自兴奋战栗。

《柳汤事件》中有一段描写青年穷画家冲进律师事务所，坦承自己可能杀人的情节。画家自幼沉溺于类似蒟蒻的黏滑触感，连画风都被称为"黏滑派"。某天晚上，他把一股怨气出在同居的女人瑠璃子身上，对她一阵责打后，瑠璃子竟然一动也不动了。画家恐惧之余逃出家门，半路跑进澡堂洗澡。

那天晚上我浸泡在这微脏黏稠的热水里，脚底碰触着黏腻的澡池底，反而获得了某种快感。泡着泡着，连自己的身体都开始发黏，就连泡在我附近的人的皮肤都像热水一样发出黏腻的光，情不自禁想伸手去碰触看看。产生此一念头的瞬间，脚底不知为何就像牢牢附着了海带似的黏腻，又像鳗鱼那样滑溜，感觉像是踩在一层浓稠黏滑的物体上。

他说，脚下踩的肯定是女人的尸体，是被自己杀死的瑠璃子。在对自己的主体性毫不怀疑时，青年折磨女人就像玩弄蒟蒻一样不以为意。然而，当他泡在"黏黏滑滑"的热水中时，开始分不清楚自我与他者之间的界限，瞬间感到恐惧。常听人说"嗜虐者往往不堪一击"，满脑子被幻想占据的青年狼狈的模样与自责的情绪，正可说是来自这脆弱的嗜虐心理。

这个道理并不仅限于谷崎文学，SM 这种"人际关系扮演"最耐人寻味的地方，在于施虐与受虐的角色并非固定不变，有时也会发生侵犯彼此领域的翻转现象。S 既是 Sadist（虐待狂）也是 Servant（仆从）的第一个字母。M 也可以同时是 Masochist（被虐狂）与 Master（主人）的第一个字母。就日语的谐音来说，念几次"我是任性的被虐狂"和"来吧，请上"①或许就很清楚易懂了？

假料理

《残虐记》（1958年）描述一对经营餐厅"龙亭"的夫妻，丈夫曾经服毒自杀未遂，原因隐约与经历过广岛原子弹轰炸的丈夫、勤奋工作的妻子及厨师三人间的三角关系有关。本作品在《妇人公论》杂志上连载时遭读者抗议而中断，成为未完成的作品，内容充满对战后黑市及各类可疑食物的描写。

走在神户中心地带的三宫，随处可见黑市和用波浪板围成的小屋，以及使用捡来的砖块筑灶，正在炖煮莫名物体的人们。

朝锅中窥看，尽是些不明其所以然的东西。由于邑子已经很久没有饱餐一顿了，明知大概都是骗人的玩意儿，还是全部尝试了一遍。其中有一盘十圆，说是鲸鱼内脏的东西，其实只是用农夫常拿

① 这两句分别音近被虐狂与虐待狂。

来当肥料的各种杂鱼内脏熬煮，再以芥末和盐调味而成。也有人在大铁皮桶内生火，上面放个中华炒锅，倒入牛脂做出说是炒饭的东西，其实是用切成小丁的白萝卜混入少许米饭，再用冷冻乌贼调味蒙混带过，最后用红虾增色做成的东西罢了。

增吉和邑子夫妻商量着想开一间餐厅。问题是，邑子根本不知道什么才是"真正的西洋料理"。活在战时与战后食材缺乏的时代，她所见过的都是"假料理"。在此列举"二战"结束后一两年时的各种"假料理"，看起来颇有意思。

肉大部分都是私宰肉，以猪肉、马肉和兔肉为主。冷冻鲸鱼肉也是经常使用的食材，咖喱饭、炖牛肉、汉堡排等使用的大概都是鲸鱼肉。蔬菜方面，只有高丽菜不在管制内，所以可以大量使用。切一大盘高丽菜丝，只在盘子边边放上一点说不出是什么的肉类料理，这样就是一道菜了。食用油里被掺入机油也是常见的事，煮久了还会冒绿色泡泡。汤类则多半是柴鱼干熬的汤。

说到甜点，都是用寒天取代吉利丁，再用红粉染色，用糖精增添甜味做成的冒牌果冻。有一段时间，连一流饭店的餐厅都只能供应这种程度的食物。

天啊，光读都觉得胃酸翻涌。不过，在伪装产地问题与废弃食品回收再利用事件频发的现代，我们平常吃进嘴里的食物真的不是"假料理"也不是"冒牌货"吗？我可不敢肯定。

对味噌口味的嗝感到兴奋的少年

接下来要说的是更恶心的事，请各位先做好心理准备，保证读了一定会不舒服。不过，都已经到了这个地步，请各位就当"送佛上西天"，赏光到最后吧。

这是日后短篇小说《萝洞老师》（1925年）的雏形，也是谷崎年少时真实发生过的事。当时，就读高等科（相当于现在的初中）的谷崎在名为"秋香塾"的补习班跟一位老先生学写汉字。早上去上课时，老先生刚吃完早餐就来授课，因此不住地打嗝，味噌汤的味道就从他胡须之间飘出来。先生有个二十岁左右的年轻女儿，有时也会由她代替老师教学，而这位姑娘打的嗝也是味噌口味……

当时还是个十四五岁少年的我，被她打嗝的味道弄得心猿意马，至今闻到味噌汤的味道时，脑中还会突然浮现她的样貌。听说这位姑娘其实不是秋香老先生的亲女儿，而是他的侧室。我曾在邻居三姑六婆聊天时听到不知是谁说"那个女人是妾"。

像这样，谷崎将这段色欲感官因味噌汤的味道而受到刺激的真实体验，写在诸如《恋上小野篁妹之事》（1951 年）等许多散文中（《幼年的记忆》《幼少时代》……）。

即使可解释为恋物癖，这种癖好仍相当罕见，令人难以理解其品位所在（试着调查，确实不是没有恋嗝癖，但那仍属于非常小众的嗜好）。尽管同样的事写过这么多次，谷崎连一次都没有描述过味噌嗝的味道刺激色欲感官的原因何在。总觉得只用一句"因为变态"带过未免太可惜，我便加以考察，发现其中或许有个重点，那就是气味具有"唤起记忆的力量"。五感之中，尤以嗅觉最常与过去的记忆相连，从谷崎的散文作品中也可得知他的嗅觉比一般人更敏锐。

就这点来看，打嗝的味道可说是"透过气味反刍刚才吃下的食物记忆"。一般人讨厌打嗝的原因也就在这里，已经吃得反胃不舒服了，充满食物气味的空气还从胃部透过咽喉挤上来，仿佛刚才吃下的东西又被强迫再吃一次，实在恶心。至于别人吃过的东西，那就更别提了。当然，这里说的是一般人的品位。

然而，对依靠敏锐嗅觉激起乡愁的谷崎来说，嗝味等于一种"残香"，闻到这味道即可得知对方才刚吃过早饭，仿佛再次回到这相隔不远的过去。惊觉身为他人的自己也能借由追踪气味获得与对方相同的体验，此一事实或许激发了他在性方面的快感。

换句话说，这与光源氏在空蝉离去后抱着残留她身上余香的单衣有异曲同工之妙。另外，也和田山花袋《蒲团》主角把脸埋在女弟子棉被里边嗅边哭的行为无限相近。当然，可不是什么嗝味都好，对方必须是年轻貌美的女性，嗝味也得是足以引发乡愁的味噌汤气味，得满足这两个条件才行。

如果来自最爱的女人……

《青冢氏的故事》（1927 年）是一篇诡异的短篇小说。故事描述电影导演中田进在位于京极的"绿咖啡"认识了一名中年男子（以常识推断，这名男子应该就是"青冢氏"，但不知为何，故事中从头到尾没有提及青冢的名字，反而更添诡异）。男子自称是导演之妻、也是女演员由良子的忠实影迷，所有她演的电影都巨细靡遗地看过，还发下豪语，说自己熟悉由良子小姐的每一寸肌肤。男人请导演到自己家玩，说着"这是内人"，介绍的却是三十具和由良子长得一模一样的等身大人偶。

光是描述到这里已经够诡异恶心，但现在投降还太早。男人将人偶当成性爱娃娃，每天晚上加以爱抚赏玩。人偶是以酷似人类皮肤的橡胶材质制成的精巧机器人，不但拥有体温，还会出油、流汗、散发体臭，口水鼻屎一应俱全，连排泄物都有。中年男人满心愉悦地舔舐人偶流出的口水鼻涕，最后……

　　他突然仰躺在地上，将双腿大张呈现蹲姿的人偶贴放在自己脸上。接着，从下方举起双手用力按压人偶的下腹部，人偶臀部的孔洞便发出放屁声。眼看着浓稠的排泄物沿着色鬼脸上朝秃顶流淌，我无法看到最后，忍不住破窗而出。冲进伸手不见五指的乡间道路，逃之夭夭。

我也认为这时逃离是对的。初期短篇《恶魔》（明治四十五年）中曾出现男人打开女人擤过鼻涕的手帕舔舐秽物的场景，在文坛上掀起一阵话题。相较之下，《青冢氏的故事》的变态程度有过之而无不及，可说已脱离常轨。青冢氏或许是领先时代的"阿宅"们也说不定（捷克导演杨·斯凡克梅耶执导的电影《追求高潮的方法》中也出现过某位女主播的狂热男粉丝，看来与青冢氏是同类）。

云林之厕——终极耽美的厕所

众所周知，谷崎在《阴翳礼赞》中以流畅的文字赞誉日本的厕所是"安定精神之所在""是日本建筑之中最风雅的一部分"。另外，他在随笔散文《厕所种种》（昭和十年）中也提及了古代中国唯美极致的厕所"云林之厕"。

据说这是一个叫作云林①的人想出来的方式，他收集了大量的飞蛾翅膀放入如厕处，因为飞蛾翅膀轻柔如无物，掉在上面的固体很快就会埋没其中，眼不见为净。

这个蛾翅厕所光想象都美。粪便从上掉落时会扬起烟雾般的无数蛾翅，每一片都清爽干燥，透出金褐色的微光，像是极薄的云母片聚集而成。当固体掉下时，立刻被这无数碎片吞没，令人看不出掉下去的到底是什么东西。

---

① 元代诗人倪瓒，号云林。——译者注

据谷崎所说，这里的"看不见"是最重要的一点。无论打造出外观多富丽堂皇的厕所，只要排泄物映入眼帘，就称不上是真正的美。那或许是古代中国才能办到的奢侈作为，但他认为唯有云林之厕才配得上高贵的人。

数度拍成电影的《春琴抄》也曾重现云林之厕，在新藤兼人导演的《赞歌》（1972 年上映）中即可得见。不过，电影中出现的不是夜壶与蛾翅，而是铺满小鸟羽毛、绘有莳绘的"不净箱"。春琴以此箱如厕后，佐助便取出箱子，将秽物埋进庭院角落，再重新铺上干净的羽毛。

有些女明星或女偶像的狂热粉丝常说："某某小姐才不会上厕所呢！"虽不知道是开玩笑还是真心这么认为，若让谷崎来说的话，美丽高贵的女性如厕不是什么大不了的事，只要"看不见"就好了。不希望丑陋的事物映入美丽的人眼中，这似乎是他的坚持。

专栏⑦

咖啡店景象

　　接连说了太多令人胃部不适的话题，不如来看看谷崎作品中出现的咖啡店，喝杯咖啡喘口气吧。

　　首先是《金与银》中出现过的资生堂原味苏打。位于银座的资生堂药局于明治三十五年（1902年）模仿美国的药局，引进贩卖苏打水与冰激凌的"苏打机"（Soda fountain）。在银座散步口渴了，买杯资生堂原味苏打润润喉，就是当时最时髦的事。"维也纳咖啡馆"的泡芙看起来也很好吃。

　　还有银座的名门吃茶店"圣保罗之子咖啡馆"（《鲛人》），这是接受圣保罗州支援，由巴西移民之父水野龙于明治四十四年（1911年）创立的店。白色石灰岩的优雅建筑，洛可可风格的家具，服务生全都是身穿仿欧洲海军下士制服的美少年。同一年开业的咖啡店"狮子咖啡馆"也在《奇怪的记录》中出现过。

关西方面，有大阪的"拿波里咖啡馆"（《发生于日本的克林普事件》）、京极的"皇家咖啡馆"，在这边喝一杯啤酒，再到"长堀咖啡馆"聊天（《红屋顶》）。

至于堪称"咖啡馆小说"的未完中篇《叹息之门》，主角是在银座通上"巴黎咖啡馆"工作的服务生菊村，高贵的气质与容貌为他博得"华族大人"的绰号。菊村爱上了一个每天来咖啡馆的美少女，有一天出现了一个自称美少女监护人的绅士。绅士说自己只要侍奉美丽的人就能感受到无上喜悦，所以希望能收养菊村，供养他过衣食无忧的富裕生活……

书中有一幕描写穿水手服的少女喝香草苏打水的场景，美得令人忘了呼吸。"装有浅红透明香草苏打水的玻璃杯底，冒出一颗颗如泡沫般细致、看起来清凉无比的气泡。杯子放在雪白的大理石桌上，尤其是放在身穿英挺水手服的少女面前，形成清爽的色彩对照，看在对美丽事物习以为常的菊村眼中仍如同宝石一般美丽。"

最后是《友田与松永的故事》，这正是咖啡馆小说的极致。以东京横滨的咖啡馆为舞台，宛如日本版《变身怪医》的惊悚中篇。咦？结果怎么又回到骇人的话题上啦？

第五章

谷崎润一郎·食魔生涯

本章将从散文、日记及书简中找寻线索，抽丝剥茧出从明治时代的幼年期到昭和时代的晚年期，谷崎的真实饮食生活样貌。何时、何地、与谁、如何吃、吃了什么？生于明治十九年（1886 年）的谷崎，实际上其"吃了什么"的记录，或许与日本近代饮食史有直接相通之处。

Ⅰ 滋味的原点·幼年期

明治十九年（1886 年）7 月 24 日，谷崎润一郎出生于东京市日本桥区蛎壳町，是商人父亲仓五郎与母亲阿关之间的长男。外公谷崎久右卫门擅长经商，发行的"谷崎活版所"实时提供瞬息万变的白米行情资讯，同时经营维修街灯的"点灯社"及洋酒行等，白手起家，累积了不少财富。久右卫门把女儿们全留在身边，除了长子之外的儿子都送人做养子。日后，谷崎曾在文章中提及自己的女性崇拜（Feminist）或许来自外公遗传（《幼少时代》）。

润一郎的父亲是谷崎家的养子仓五郎，娶了谷崎家美丽的三女儿成为赘婿。仓五郎在分家后负责掌管洋酒店与米谷批发生意，生性老实的他不善经商，事业接连失败，即使如此，谷崎一家在某时期前仍持续享受中流商人的富裕生活。润一郎幼年时期住在江户情怀浓厚的日本桥一带，此时他眼中的餐桌风景是什么样的呢？

家的味道

仓五郎一家搬出蛎壳町老家后迁居了好几次。谷崎六岁时住在日本桥滨町，在这里吃饭时不是全家围着大餐桌，而是每个人拥有一套自己的高脚餐盘（御膳），用餐时各自吃用高脚餐盘端上的食物。年幼的谷崎也有自己专用的高脚餐盘，"像喜庆时吃的祝膳一样可爱"，吃饭的时候都由老妈子美代服侍。在奶妈无微不至的照顾下长大的长男谷崎依赖性强，进入阪本寻常小学就读时，在教室里看不到奶妈就哭，甚至无法好好升上高年级。

在谷崎的记忆中，以下是童年时代经常出现在餐盘上的食物（《对幼少时代食物的回忆》1959 年）。

· 渍萝卜——用搅拌过的味淋、砂糖、酱油与醋腌渍的萝卜丝。第一种有记忆的食物。

·宝来屋的煮豆子——日本桥新蕟町的宝来屋是有名的煮豆行。谷崎家经常吃的有花豆、菜豆、富贵豆（砂糖煮蚕豆）和黑豆等。黑豆煮到表皮变硬发皱才是关东口味。

·炸五色天妇罗——使用红萝卜、牛蒡、地瓜、莲藕、鸭儿芹制作的蔬菜天妇罗。也是一种素菜。蛎壳町附近有间卖五色天妇罗的名店，店名叫"小女郎炸物"。

·鳗鱼醋汤——将切成小段的鳗鱼与白萝卜一起煮后加入少许醋的鱼汤。是地道的关东料理，很有品位的一道菜。

·鳕昆布——用薄盐鳕鱼与切段昆布煮成的汤。

·葱鲔——用鲔鱼肚和葱花煮成的汤。

·牛肉锅——相当于现代的寿喜烧，只是当时的名称为牛肉锅。除了牛肉外只加葱，顶多加点蒟蒻丝。

一看就是地道关东口味的家常菜。不过，即使是吃这些菜长大的谷崎，对偏甜的正月料理似乎也无法忍受。在《东京的正月》（1956年）一文中就曾提到加了味淋的关东口味屠苏酒、正月年菜、栗子金时、伊达卷（煎蛋卷）、黑豆、七草粥、红豆粥、正月点心……因为全部加了砂糖，令人吃来生厌。

旧市街风景

从滨町搬到南茅场时，住的是很有中流商人风格的町屋住宅。父亲经常邀请生意对象到自家二楼设宴款待。此时母亲总会穿着华美衣饰出席宴会，吃的则是从草津亭等餐厅叫的外烩。

茅场町附近有个药师堂，这一带对孩童而言堪称绝佳游戏场。周围有西餐厅弥生轩、日本料理店草津亭、卖泥鳅料理的丸金等餐厅，还有成排卖糖果的、卖零嘴杂货的、卖糯米甜点的摊贩。看着颜色鲜艳的糖膏和糯米粉团在师傅手中转眼变成了各式甜点，饶是有趣。或许这童年时期的体验，对谷崎日后的魔幻风格也有一定程度的影响。

谷崎最难忘的快乐回忆之一，是全家出门到浅草玩的时候。

总是先去参拜浅草观音，再去帕诺拉马馆或凌云阁或花屋敷，之后去仲见世买玩具，晚上在仲见世的"万梅"吃晚饭。餐后，店家会提着小灯笼送客到门口。回家路上转头一看，白天那么热闹的后山已陷入一片黑暗，路上渺无人迹……

和父母一起去浅草时，不是去"万梅"就是去"一直"（据说是当时浅草最好的餐馆）吃饭。若是和老妈子两人单独出门，那就搭马车铁道，固定去宇治之里（仲见世的大众食堂）吃饭。

老饕父亲与常去的店

父亲仓五郎是个老饕，知道不少好吃的餐厅，谷崎经常跟着父亲一起大快朵颐。樱花盛开的春天，在向岛的堤防上散步，父亲会对他说"既然都来到这里了，不如去吃'重箱'（卖鳗鱼、鲇鱼与鲤鱼等河鱼料理的老牌名店）吧"，之后父子俩漫步到山谷下，是谷崎难忘的儿时回忆。前往深川八幡参拜后，回家路上也会说"要不要去冬木米市的'名代'吃荞麦面啊"，然后两人一起乘上小小渡船。赏完入谷的牵牛花后，往往在根岸的"笹乃雪"吃早餐，父亲说"这里的豆腐很美味，但米饭不行，很难吃"。这些随父亲品尝美食的经验，全都反映在早期的小说作品中。

小时候，谷崎不知随父亲去银座有名的"天金"吃过几次炸天妇罗，这里的特色是店员全部梳着武士发髻。父亲会一边指着下酒菜的盐渍花枝内脏说"这不是小孩吃的东西"，一边让谷崎用舌尖轻舔一下。谷崎第一次品尝时大为吃惊，"没想到世界上竟有如此复杂的滋味"。就这样，谷崎从幼年时期就亲身体验过无数地道江户食物的美味。

中华餐厅偕乐园与笹沼家

就读阪本小学寻常科二年级，也就是谷崎九岁时，他和中餐馆"偕乐园"的少爷笹沼源之助成了好朋友。两人日后培育出深厚的友情，源之助也成为谷崎一辈子的挚友。

笹沼源之助其实是谷崎从幼儿园就认识的童年玩伴。小学时绰号"阿源"的他身材肥胖，国中时便多了"豚豚""噗先生"等外号①。此后，包括谷崎在内，周遭同伴都叫他"噗先生"。

一般来说，家中经营餐厅的小孩都比较老成，笹沼也不例外，从小就表现出知识丰富、小大人的一面。谷崎少年时代的性知识也来自笹沼。小学时，玩伴们还会聚集在偕乐园放东西的仓库，热衷于跑进"用心笼"（防灾用的大笼子）玩游走于禁忌边缘的"游廓家家酒"。谷崎和笹沼都扮过好几次花魁。

家道中落，谷崎陷入连升学都有困难的窘境时，伸出援手的也是笹沼家。不过，当父亲提出要让谷崎以寄居生身份住进家中时，源之助大力反对。理由是："那么一来，谷崎就会成为家里的下人，我们也无法继续对等的友情了。"

---

① 豚为日语中"猪"的意思，"噗"是猪叫声的拟声词。——译者注

长大成人后，源之助依然以金主的身份赞助作家谷崎。向来很少积极交友，也不太参加文坛派系的谷崎，唯有与笹沼源之助坚定不移的友情持续一生，两家人始终维持良好往来。

偕乐园位于日本桥区龟岛町（现在的茅场町附近），是东京第一间高级中华料理店。偕乐园的前身是明治十六年（1883 年），由长崎的"通辞"（译员）阳其二、柳谷谦太郎和日本桥点心铺"翁堂"的下村氏等长崎出身的人士发起，邀涩泽荣一、大仓喜八郎、浅野总一郎等人入股成立的料理俱乐部。当时担任餐厅经理的即是笹沼源吾（源之助的父亲）。明治十七年（1884 年）源吾接手偕乐园，成为园主，偕乐园也从私人美食俱乐部转为对一般民众开放的餐馆。石井研堂的《明治事物起源》中，"饮食部"单元里也记载了偕乐园的事。根据书中记述，直到大正五年（1916 年）前后，偕乐园一直是"东京都唯一的中华料理店"。由于原本是以长崎人士为主所发起的组织，刚开始提供的餐点形式采取中华料理与长崎"桌袱料理"的折中，后来才转变为地道的中式餐点，并在店内设置紫檀木制的正式中式餐桌。此外，偕乐园也以女侍美女如云闻名，名声与芝的"红叶馆"并驾齐驱。

深受中华料理异国情调吸引的谷崎一直很羡慕每天都能吃到中式餐点的笹沼，两人经常在学校交换便当吃。

> 笹沼的便当盒里最常见的食物有猪肉丸子、蜜汁猪肋排、名为黄菜的中式蛋包、名为高丽的中式天妇罗等。笹沼说他吃这种东西吃腻了，反而很羡慕我们其他人便当里的盐鲑、炖菜或卤蒟蒻等食物，吃得津津有味。(《幼少时代》)

偕乐园成了少年们聚集的基地，高等小学时代，包括野村孝太郎等文学少年们也曾聚集在此，发行自制杂志《学生俱乐部》。谷崎曾使用笔名向杂志投稿文章与插画。与笹沼家及偕乐园的交流，可视为谷崎提升中华料理造诣极为重要的背景因素。

Ⅱ 就读一中、一高及帝大时期

谷崎家的贫困生活

由于父亲事业相继失败，谷崎家的家境一年比一年窘迫，情况在进入明治三十年（1897 年）之后更加恶化（时值谷崎 12 岁，正升上阪本小学高等科）。从外公那一代累积而来的财富已见底，谷崎家不得不过起简朴生活。

饭桌上的配菜主要是蔬菜。莲藕、小芋头、地瓜、慈姑、牛蒡、红萝卜、蚕豆、毛豆、荷兰豆、竹笋、萝卜等，调味则使用柴鱼片、酱油和砂糖。对小孩来说，这些东西完全称不上美味。油炒金平牛蒡、酱烧茄子、芝麻味噌凉拌蒟蒻块、萝卜蔬菜汤等虽然还算好吃，因为是需要花点工夫烹饪的食物，平时不太有机会吃到。

蔬菜中谷崎唯一喜欢的是山药，只有山药汤会一次喝上好几碗。鱼多半吃的是煮鱼，谷崎也不喜欢吃这个。偶尔能吃到炸天妇罗已是非常享受，烹调天妇罗时连父亲都会下厨帮忙，家中气氛热闹非凡（这段关于炸天妇罗的故事，在自传小说中以嘲弄的语气写成）。夏天米饭容易酸臭，即使如此，父亲仍舍不得倒掉，往往做成烤饭团来吃，谷崎则是怎么也不愿开口吃下。

然而，尽管父亲说着"今后要节俭度日了，不能再吃那么贵的菜""吃什么鲣鱼生鱼片，有竹荚鱼和沙丁鱼就很够了"，当过去常光顾的名店"鱼文"上门推销，好面子的母亲推托不了，买了高级鱼做菜时，父亲还是会忍不住笑着说"鱼文的鱼就是好吃"。明知这样下去不行，依然改不掉奢侈浪费的习惯，谷崎家的日子过得愈来愈贫困。

父亲结束工作回家后，和不断哭着发牢骚的母亲起了口角。母亲愤怒大骂"也不想想是谁害我们家落到这番田地的"，父亲只能无言地低下头。自觉愧对原是千金小姐的妻子，父亲经常代替母亲下厨做饭。也有人指出，父亲在美丽的母亲面前抬不起头，唯唯诺诺的模样，是造成谷崎润一郎日后女性崇拜与被虐情结的基础。

说起来，母亲的姐姐花姨更是一位脾气火暴专制的女性。"就连皇后的权力都没有我家姐姐大""她是女版的平相国清盛""女将军"……亲戚们全都怕她。即使是将继承的商店经营得有声有色的丈夫久兵卫，都得对她言听计从。因此，不管丈夫能不能干，或许天生具有女王气质的女性，怎么样都会是个女王吧。

由于担心谷崎家的经济状况，继承谷崎活版所的舅舅也多少提供了支援。有时还会请他们吃美味的东西。谷崎家附近的"玉秀"是过去幕府御用鹰匠山田铁右卫门于宝历十年（1760年）创立的老牌鸡肉料理店，也是以发明亲子丼闻名的知名老店，这里供应的是东京口味清淡柔软的美味鸡肉。另外，舅舅也常请他们到小网町的老牌鳗鱼店"喜代川"（创立于1874年）吃饭。

开始懂得吃西餐

经营活版所的舅舅，受到外公生前的影响，偏好西洋事物。谷崎提到自己一直记得舅舅说过在西餐馆"吾妻亭"吃到的"肉排单"非常美味，下次去还要点一样的东西。谷崎在此说明"肉排单"是"在铰肉排上放蛋的料理"，大概因为口音的关系，把"蛋"说成了"单"吧。

列举家附近的西餐馆时，谷崎提到的有小网町的"吾妻亭"、浪花町的"浪花亭"、药师寺内的"弥生轩"，还有茅场町的"保米楼"。保米楼是日本最早贩卖"合子便当"的餐馆，这种便当会将米饭和西式配菜装在濑户烧多层便当盒中贩卖。和洋折中的做法在兜町贩卖所工作的人之间大为流行。

此外，谷崎在《饶舌录》（1927年）中提到，味觉尚未十分发达的幼年期，第一次令他感觉"美味"的食物也是西餐。五六岁的时候，初次吃到从"吾妻亭"买来的牛排和炸牡蛎，讶异于世上竟然有如此好吃的东西，他说"那一切对我来说都是奇异的美味"。

家中每月10日是祭拜外公的日子，会在佛坛前供奉西式蛋包（欧姆蛋），供品撒下后孩子们就能享用，孩提时代的谷崎每个月都很期待这一天。小学里有个体弱多病的同学，为了摄取足够的营养，每天都吃保米楼的西餐，这也令他欣羡不已。奶油和西式酱汁浓厚的滋味对他而言是最难以抗拒的美味。相反地，还是孩子的他就不懂得欣赏日本料理纤细清淡的调味，即使听到父母品评生鱼片或汤类的味道时也一头雾水。这方面的童年回忆，说起来和现代儿童只爱吃汉堡包或蛋包饭的嗜好意外地没什么两样。

弟妹出生后，由于母亲已没有奶水，身为长男的谷崎经常得去日本桥通上的大仓洋酒行跑腿，买鹫印的炼乳回家（题外话，据说当时的人把炼乳中牛奶的发音"咪鲁苦"误发成了"咩力奇"）。谷崎经常趁母亲没看见时，从牛奶罐中偷舀炼乳吃，还深深感叹世上怎会有如此美味之物。他退化回幼儿的行为和恋母情结显然都相当严重。

到大仓洋酒行除了买炼乳，有时也会帮忙买单舍力别（糖浆）或波尔多产的红葡萄酒。过去曾在青物町经营洋酒行的父亲，精通当时被视为高级酒的各种洋酒，诸如葡萄酒、白兰地、利口酒、苦艾酒、雪莉酒……这也造就了日后谷崎精深的洋酒造诣。

精养轩的工读生

原本父亲决定让润一郎放弃升初中，开始工作赚钱，幸而除了本人的恳求外，加上看好他才华的小学级任老师出面说服，舅舅也愿意提供支援，谷崎才得以于十六岁时进入府立第一中学。然而，谷崎家的经济情况每况愈下，谷崎润一郎在仍就读中学的明治三十五年（1902年）夏天，以家庭教师的身份住进在筑地经营"精养轩"的北村家半工半读。

"精养轩"创立于明治五年（1872年），是日本西餐馆的先驱，也是为外国旅客提供服务的高级饭店。聘有两名法国厨师的饭店西侧，另有西洋进口食品店"精养轩西店"。此外北村家还拥有一间面包工厂，生产的面包送至市区贩卖。北村家的宅邸位于工厂厂区内，以地理位置来说，相当于今天东银座的新桥演舞场一带。

身为高级饭店的经营者，精养轩主人北村重昌之妻原本又是新桥艺伎，因此北村家经常有商人与客人进出，家中充满奢华与喜好享受的氛围。谷崎名义上是北村家孩子的家庭教师，实质上连看门等各种杂事都是他的工作。和另一个专事杂务的工读生一起住在三平方米大的屋子里。

第一次以领人薪俸的身份住进别人家，吃晚餐时的情景如今仍记忆犹新。恭谨地坐在介于厨房橱柜与炉灶之间的狭窄空间，说声"我要开动了"之后低头行礼才能用餐，和另一个名叫次郎的学生对坐而食。配菜吃的是鹿尾菜煮油豆腐和腌萝卜（引用者注，腌渍物的一种）。（《宛如当世鹿》）

只能吃下人吃的粗茶淡饭，总是处于吃不饱的状态，冷眼旁观主人家的豪华佳肴，对吃的执着日复一日加深。第一章也曾提过，这或许是谷崎润一郎日后好吃的程度异于常人的原因之一。

住在北村家半工半读直到一中毕业，明治三十八年（1905年）秋天进入第一高等学校（一高）就读。不料，明治四十年（1907年）的夏天，他和从箱根来见习礼仪的侍女穗积福谈起恋爱，事情曝光后被撵出了北村家。于是，谷崎住进一高宿舍，为了继续学业，再次接受舅舅与笹沼家的支援。一高时代，谷崎成为文艺社团干部，还在《校友会杂志》上发表文章。

后来，筑地精养轩于大正十二年（1923 年）发生的关东大地震中烧毁，开业于明治九年（1876 年）的上野精养轩则免于灾害，从此取代筑地精养轩成为精养轩总店。

从一高到帝大

明治四十一年（1908 年）从一高毕业后，谷崎进入东京帝国大学国文科就读。明治四十三年（1910 年），与和辻哲郎、木村庄太、大贯晶川等人共同成为第二次《新思潮》发刊时的中心人物，谷崎本身也在创刊号上发表了处女作《诞生》。自视甚高的谷崎发现作品没有得到预期中的反响，开始忧虑是否能正式出道文坛，精神逐渐出现失调状况。

在日后描绘这段青年时代的作品《羹》与《呵欠》等作品中，也都充分反映了这个年纪的男学生旺盛的食欲。娱乐园、薮荞麦面、江知胜……都曾出现在作品中。学生们在丰国饮酒"软谈"（按照现在的说法，就是谈论恋爱话题之类的闲聊）的意思，借此排遣忧郁。江知胜在汤岛天满宫附近，是一间位于切通坂上的牛肉锅店（创立于1871年）。因为距离本乡很近，一高、帝大的学生经常聚集在此，川端康成也是这里的常客。

一高时代有位同住"向陵寮"宿舍的室友津岛寿一（日后成为大藏大臣①）。品行不佳的谷崎曾向品行端正的津岛宣称"让你见识什么是地道的江户品位"，带他去根岸的豆腐店"笹乃雪"。据说津岛将这件事写在寄给故乡双亲的家书中，结果遭到训斥："那间叫笹乃雪的店是从前人们在吉原彻夜玩乐后，早上回家路上吃早餐的地方，你不可到那种地方去。"（《宛如当世鹿》）小说《羹》中也有"最近先生常拎着榨豆用的拭手巾出门泡晨澡，每天早上都吃笹乃雪的豆腐当早餐，装成一副内行人的样子，我已经管不住他了，真伤脑筋"等描述。

笹乃雪创立于元禄年间②，是京都人玉屋忠兵卫随当

① 指财政部部长。——译者注
② 元禄年间指1688—1703年，这个时代还处于幕府时代，天皇是东山天皇，江户幕府的将军是德川纲吉。——编者注

时的亲王来到江户时，在水质干净的根岸（吴竹之里）创立的豆腐料理老店。正冈子规住在根岸时就曾以笹乃雪为题吟咏诗句，内田鲁庵也在《下谷上野》中极力赞美过笹乃雪豆腐的滋味。

谷崎二十四五岁时，在笹沼的介绍下，认识了人称"阿定"的高木定五郎。高木当时是藏前东京高等工业学校（东京工业大学的前身）的学生，后来成为木场的木材商人，乐于对作家提供经济援助，是文坛上的知名人物。身为土生土长江户人的他不但是一位身材高大的美男子，也是美食家。"无论食欲或色欲，这人都远在我之上。"谷崎曾这么说过，可见此人对食色之欲非同小可。阿定是谷崎的美食伙伴，后来二人也经常在西银座的"Café Printemps"碰面（《关于高血压的回忆》）。

Ⅲ 东京·横滨时代

初登文坛、恶魔主义的作家

明治四十四年（1911 年），以耽美主义风格的作品《刺青》受到永井荷风大力赞扬的谷崎，在二十六岁这年，在众人瞩目之下踏上文坛。虽因学费未缴而从帝大退学，但也陆续发表《麒麟》《少年》《秘密》《恶魔》等作品，很快在文坛上站稳脚步，确立自身地位。作品风格被称为"恶魔主义"的谷崎，大正初期居无定所，过着放浪的生活，为了逃避精神疾患与对死亡的恐惧而沉溺于酒精，生活颓废无度。

1915 年，三十岁的谷崎娶了石川千代为妻（第一桩婚姻），隔年长女鲇子诞生。谷崎从结婚当初就对千代不满，鲇子的诞生亦未带给他为人父的喜悦。他将这份不满情绪写在随笔文章《成为父亲》中，"我只想为自己的快乐而活""和妻子结婚并非因为爱""怎么也无法觉得孩子可爱，或许永远都无法疼爱她"，引来世人的批评和责难。

就一般道德常识看来，他确实是自私的男人，《晚春日记》（1917年）中对妻子的描写也很无情。疏于照顾家庭的他，此时连一次都没抱过孩子，也不曾在孩子面前展露笑容。带着因淋巴节发炎而啼哭不止的鲇子去医院时，医生当场决定动手术，谷崎甚至用"像切开馒头"、"像鱼店杀鱼拉出脏腑一样"和"宛如牛肉脂肪"等形容词来比喻。亲生女儿生了这么严重的病，他却抱持这种态度，不免让人感觉异于常人。"无视肿胀痛苦的女儿和安慰女儿的妻子，自己不是赌博就是看戏，尽情玩乐的我才是最冷酷无情的人"，写下如此语句，看似反省的同时，又冒出一句"不过仔细想想，这些都是罹患神经衰弱导致"，看来是一点也不内疚。同一时期，谷崎的母亲也卧病在床，他倒是非常担心。

谷崎最爱的母亲阿关，于1917年五十四岁那年病死。谷崎将妻女安置在蛎壳町老家，自己放浪形骸。"虽然一家离散，每星期都会探访妻女一次""每月也会寄上家用三十圆"等承诺也很快没能遵守下去。这段时间，他陆续发表了《人鱼之叹》《异端者的悲哀》《哈桑冈的妖术》等作品。

浅草万岁

对谷崎而言，比起累赘的家庭，在外奢华游玩更符合他的脾性。举例来说，前面也提过的《晚春日记》中就出现以下描述：

4月28日晚，前往帝国剧场看戏，在会场遇到高村光太郎、小山内薰及女演员衣川孔雀。想搭讪金发的合音女郎，与三河屋的酒吧老板商量后才断念，接着前往"清新轩"吃西餐。31日受邀参加本乡的后藤末雄的茶话会，一边享用沙丁鱼、小黄瓜和牛肉做的三明治，一边畅谈到深夜。5月3日参加了山本露叶和武林无想庵发起的"吃会"，前往田端的"自笑轩"用餐。这天正宗白鸟和德田秋声等人也来了。

这个时代，东京最繁华享乐的地区莫过于浅草。从最具代表性的凌云阁到花屋敷、浅草寺仲见世、活动写真①、浅草歌剧、咖啡馆等，所有大众娱乐设施都集中于此。除了永井荷风以频繁出入浅草游玩闻名，其实谷崎也是"狂热的浅党之一"(《浅草公园》1918 年)。

未完长篇小说《鲛人》正是一部浅草小说。其中充满对日本、中华、西洋料理的描写——来来轩、馄饨面、牡蛎饭、马肉、鳖肉、鳗鱼、咖啡馆的意大利面——"只要去到浅草，大概就能享受大都会中所有的享乐设施。不过，是以最丑恶的形貌！"谷崎如此滔滔不绝发表他对浅草都市文化的长篇大论。

　　工匠泡在咖啡馆里，崇尚西洋文化的人掀开料理屋的绳帘，小姑娘吃立食寿司……人们的嗜好并非一开始就像这样乱七八糟、莫名其妙，而是在一脚踏入公园的那一刻开始变得如此乱七八糟、莫

---

① 明治、大正时期对电影的称呼。——译者注

名其妙。

这番话犀利地指出现代都市漫无秩序的性质，非常耐人寻味。按照谷崎的说法，浅草有一种"说不上是什么"的乐趣与美食，若真要深究那是什么？则谁也回答不上来。只能说是"说不上来的有趣"。

创作中的饮食是？

作家之中也有月用数百张稿纸，写作速度很快的人，谷崎下笔却是慢之又慢，一天平均只能写三张稿纸左右。他在散文《创作的心情》（1917 年）中是这么说的："写作的当下，虽然不吃多余的食物，量也吃不多，但会喝上许多苏打水。通常再怎么拼命写，一天顶多三张稿纸，渐渐往下写，到后来一个晚上（大都醒着到四点）可写二十张左右，最后写得最快，可以在床上写到忘了时间。"

生平最好吃的谷崎，在执笔创作时"大吃大喝，吃甜食或饮酒，或是在创作期间放荡不羁地玩乐，反而都会写不出来"。只有克制自己的欲望，写作的状态才会比较好。遇到瓶颈时，他会换个地点创作，或是阅读外国文学转换心情。他也曾说过，转换心情最简单的方法是入浴泡澡。

前往中国旅行

1918 年 10 月到 12 月，谷崎花了三个月的时间前往中国旅行。

10 月 10 日从下关搭船，隔天抵达朝鲜釜山。滞留朝鲜约一星期后前往奉天（现沈阳），住在医师友人木下杢太郎家。在这里第一个吃到的是奉天城内最好的餐厅"松鹤轩"。吃惯偕乐园菜色的谷崎，对这里的料理评价是"无可比拟的美味"，并将此时的感想写在《中华料理》（1919 年）一文中。另外去了一间叫"小乐天"的店，味道也不差。接下来，谷崎于 26 日经天津前往北京。

奉天毕竟只是乡下地方，说到北京的食物又是格外不同。不只北京菜、山东菜、四川菜、广东菜等，中国各地的美食在此都能品尝得到。在山东餐馆"新丰楼"摊开菜单时，竟然有高达五百种以上的料理可供选择，令谷崎大开眼界，震撼于中国菜的食材之丰富，烹饪方式之多样化，后来也在《中华料理》中将那些料理分成二十八类列举，逐项说明。

在北京吃到的料理非常美味，不料11月造访上海时吃到的食物却令人大失所望。在知名餐厅"黄鹤楼"吃到的海参有股干货的臭味，很难吃。"上海的中华料理不管哪一种，都以带有洋味自居"，而谷崎无法认同上海的西餐，认为日本厨师做的菜要好吃得多。

从汉口搭船下长江，前往九江、庐山，20日抵达南京。据说中国南方食物最好吃的地方就是南京。闹区街上满是一流饭馆，谷崎去了名为"长松东号"的餐厅，在那里吃的是醋熘黄鱼、炒山鸡、炒虾仁、炖鸭舌，还有其他几种冷盘与蘑菇汤。和北方菜比起来，南方菜使用的食材虽大同小异，口味却较为清淡。饱食之余，价格还比北方便宜两圆，可说无可挑剔。有名的食物如河虾和螃蟹等的口味也偏清淡。

从南京搭火车前往苏州、上海，住在老友土屋计左右家。11 月底再往杭州。谷崎认为杭州食物的美味程度仅次于南京，不只气派的大餐厅好吃，乡下小食堂的食物也很美味。名产火腿和皮蛋经常在早餐时拿来配粥吃，或搭配炒年糕（将年糕切成条状和肉及蔬菜一起翻炒而成），也是一道美食。加入鸭肉的稀饭也很好吃。整体来说，中国的食物都便宜好吃，这点也令谷崎颇感意外。

之后再次回到上海，准备搭船回国。12 月 10 日抵达神户。

这次中国旅游的体验散见于《秦淮之夜》《苏州纪行》《西湖之月》《中华料理》等记行文，也是小说《美食俱乐部》的灵感来源。

小田原事件

1919 年，父亲仓五郎于六十一岁逝世。三十四岁的谷崎将蛎壳町的老家交给亲戚，自己则带家人住到本乡区曙町（现在的东京都文京区本驹达）。除了自己的妹妹伊势、弟弟终平外，妻子的妹妹圣子也与谷崎一家同住，后来又于年底迁居小田原。这个时期，谷崎陆续发表了《恋母记》《受诅咒的戏曲》等作品。

妻妹圣子即是日后作品《痴人之爱》中的女主角奈绪美的原型，谷崎深深受到她的吸引。另一方面，这段时间谷崎也与住在附近驹込神明町的佐藤春夫成为友人，往来频繁。迷上圣子的谷崎对妻子愈来愈疏远，一日，佐藤亲眼看见谷崎用手杖殴打千代，对千代寄予同情的他渐渐爱上了她。不久，佐藤与千代发展为公认的一对。

谷崎曾答应佐藤将千代让给他，却在被圣子拒绝求婚后舍不得让出千代而反悔，使得佐藤愤怒之余扬言与谷崎绝交。这段爱恨交织的情事被称为"小田原事件"（1921 年）。话虽如此，谷崎、千代、圣子与佐藤四人奇妙的四角关系并未就此落幕，此后更纠缠不清了长达十年的光阴。

谷崎在《佐藤春夫与我》（1919 年）中如此形容"友人"佐藤春夫。

在日常生活中，我与他的相反之处体现在对

食物的喜好上。我是个食量相当大的大胃王，他对食物却可说是几乎毫无欲望可言。或许就因为这样，他才会那样骨瘦如柴吧。

日后，谷崎与佐藤破冰和解，从昭和五年（1930年）两人于纪州胜浦的合影照片看来，佐藤确实瘦得弱不禁风；相较之下，谷崎则虎背熊腰，带点不悦的表情给人留下深刻印象。

美利坚横滨生活

大正时期的谷崎深深着迷于电影这种新形态艺术。不只评论电影艺术，甚至自己执笔创作剧本，投身电影制作工作。大正九年（1920年），谷崎担任大正活映株式会社的脚本部顾问，同时举家自小田原搬到横滨的本牧。

住在本牧时，附近的邻居有电影导演栗原汤玛士，也有法国人和俄罗斯人的家庭，那一带还有专为外国人开设的恰普屋"KIYO HOUSE"。谷崎在这里彻底过着奢华的西式生活。住的是西式洋房，休闲活动是跳舞，除了上床睡觉和洗澡外，一整天都穿着鞋子。

当然，饮食生活也充满各种西洋食物。随笔《港都人们》（1923 年）就曾提到横滨东方饭店的食物美味。除此之外，英国的家庭料理也非常好吃。住处的前任屋主是一位叫马拉巴小姐的英国人，她的厨师兼女管家阿势教了千代许多英国菜的做法。

比方说，将苹果和面包切细塞进火鸡腹内烧烤，或是加了许多"面疙瘩"（用面粉或马铃薯做成的丸状食物）、栗子和松茸的炖肉等；也有牛肉腰子派、鸡肉派、烤小牛或炸鱼及烤羊肉或羊排；吃的时候佐以奶油，或淋上肉汁酱、苹果酱或薄荷酱等酱汁；餐后甜点有苹果派、各种塔派及约克夏布丁等。

传授千代各种美味料理的阿势在一个月后离开，前往神户新的雇主家。不过，此后每逢吃到布丁时，谷崎都会想起她。

专栏⑧

和有洁癖的泉镜花去吃火锅……

许多人都知道幻想文学大师泉镜花有异常的洁癖，因为担心罹患痢疾，绝对不吃生食，水也一定煮沸才喝。外出时随身携带酒精灯，连端上桌的点心都要自己用酒精灯烤过再吃，已到了逾越常矩的地步。关于镜花的洁癖，谷崎曾在《文坛昔话》（1959 年）中提及这样一段逸事。

京桥的大根河岸有间镜花特别喜欢的鸡肉料理店，镜花、芥川、里见及谷崎四人曾一起去那里吃鸡肉锅。素有洁癖的镜花不等肉煮到全熟不吃，老饕谷崎却迫不及待将半熟的鸡肉放入口中。结果，镜花一块也没吃到，肉就全进了谷崎肚子。他为此想出的对策是在锅中放入隔板，区分彼此的鸡肉。然而，谷崎还是经常"不小心"吃到隔板对面的肉。

"'啊！你吃的那是……'当镜花察觉时往往为时已晚。这种时候，镜花总会露出难以言喻的困窘表情。这么做虽然是我不对，但有时实在很想看他那个表情，就会故意吃了他的肉。"

想来镜花之所以目瞪口呆，并不是因为自己那份肉被谷崎吃了，而是好不容易隔出来的"净土"被谷崎的脏筷子入侵了。诸位意下如何？

Ⅳ 阪神时代

不过，横滨生活并未持续太久。1923 年 9 月 1 日发生了关东大地震，正在箱根旅行的谷崎遇上了地震，决定放弃帝都东京，举家迁居关西。

此后数年，谷崎的生活变动着实激烈。生来就是个搬家狂人的他，比过去更频繁迁移，以如今神户东滩区一带为中心，在阪神之间四处迁移，更换了好几个住所。

细君让渡事件前

除此之外，谷崎与妻子及两人身边的人际关系也极为混乱。首先，他发表了以自己与圣子之间的关系为蓝本的小说《痴人之爱》（1924 年）。随后，于 1925 年二度前往中国旅游，回国后即与佐藤春夫达成和解。

1927 年，谷崎认识了船场大店"根津清"的女老板根津松子，将松子视为缪斯女神一般崇拜。然而，喜好文学的松子夫人却是芥川龙之介的书迷，她特地来见芥川时，正好芥川偕友人谷崎同行。这件事促成了谷崎与松子的相遇，只能说人生真不知道什么时候会发生什么事。

谷崎家与根津家，两家人开始互通往来。同一年，谷崎和芥川在杂志上掀起所谓"文艺与过于文艺的"论战（关于小说情节之艺术性的争论，芥川认为"没有故事性的纯粹小说"更为优越，谷崎则主张有意思的故事性才是小说的真髓），不久之后，芥川便自杀了。

从大正末期到昭和初期，席卷日本出版界的是一股名为"圆书"的风潮。用一本一圆的便宜价格销售套书，整套采取预约制，每月发行并寄送一本。以这种形式发行的"圆书"大受欢迎，从最早采取这种做法的改造社到新潮社、平凡社，各出版社竞相推出圆书系列作品。谷崎也是在这股风潮中受惠的作家之一，因此获得了丰厚的版税。1928 年，谷崎在神户市东滩区冈本盖了一栋豪宅（日后由小说家辰巳都志取短篇《鹤唳》内容将其命名为"锁澜阁"），过起享尽奢华的生活。为了招待松子夫人，谷崎甚至亲自设计了这栋和洋折中的建筑，可见他对松子夫人醉心的程度。

然而，松子夫人的丈夫根津清太郎当然不会允许妻子独自前往谷崎住处，便要松子之妹重子或信子同行。随笔《宛如当世鹿》中曾写到在这栋位于冈本的豪宅款待松子、重子姐妹的晚宴。

请来大阪川口天仙阁中餐主厨外烩调理，酒也配合松子老板娘的喜好，特别订购白葡萄酒 Haut Sauterne。松子夫人酒量好不说，连她那才年仅二十岁的妹妹也意外地能喝。

看来是醉意逐渐入侵体内，不久雪白的脸蛋也染上微微一层红晕。虽说是正值如花盛放的年纪，一位姑娘一生中也罕能见到如此美丽的瞬间。

再过几年肯定出落得比松子更具魅力的这位重子小姐，正是日后谷崎名作《细雪》中的主角雪子（莳冈家四姊妹中的三女）的原型。

这段时期，轮到妻子千代与名叫和田六郎（矿物学家和田维四郎之子）的年轻房客私通。和田是谷崎在关东大地震前于箱根饭店相识的俊美青年，后来成为笔名大坪砂男的侦探小说作家。谷崎原本打算将妻子让给和田，但在仍爱慕千代的佐藤春夫的反对下，此事不了了之。尽管事情发展至此，已令人丈二和尚摸不着头脑，谷崎仍以这多角关系为基础写成小说《食蓼虫》（1928年）。

1930 年，谷崎四十五岁时终于和千代离婚，千代与佐藤再婚。三人将这段离婚与再婚的经过写成联名信寄给共同朋友的事被报纸披露，"细君让渡事件"也成了轰动一时的一桩八卦。

与丁未子、松子的再婚

根据谷崎小弟终平的回忆录《怀念的人们：家兄润一郎及他身边的人》（文艺春秋，1989 年）描述：

家兄恢复单身后，家中只剩下女佣、我及我上头的姐姐阿末，那段时间家中饭桌很是冷清。姐姐做菜，三人一起吃饭，从头到尾默默无语，气氛说不出的沉重。家兄除了用餐时间外，不是弹奏地歌三味线①就是喂猫，剩下的时间尽是把自己关在书房里。

根据终平这里的描述，此一时期的谷崎过得相当落寞寂寥。然而，谷崎本人却在随笔散文《初昔》（1942年）中如此写道：

> 恢复单身后，我开始乐于过起简朴的生活，觉得像从前那样大费周章地做菜很麻烦，几乎每天只吃烤油豆腐蘸萝卜泥，再配一碗汤就够了。

此外，他还写道：

> 说到吃饭，早餐就在家自己做些简单的早点，中午或晚上再出去吃就行了。可以在附近吃，也可以特地外出到远一点的地方，像是戎桥心斋桥一带

① 流行于西日本的三味线种类。——译者注

的餐饮店或百货公司里的餐厅。因为一出去就是什么都有，四通八达的热闹城市，每天变换路线外出，吃遍不同的店，不但方便又有变化，实为有趣。

这么看来，他倒是颇为享受单身生活。

喜获单身的谷崎未能如愿和良家人妻松子结为连理，竟在报上发表寻求再婚对象的"七个条件"。条件内容普通得令众人跌破眼镜，其实谷崎在写下这些条件时，内心早已设定了对象，原来是《文艺春秋》的年轻女记者古川丁未子。

隔年1931年，谷崎与丁未子结婚，卖掉因过度挥霍而无法维持的冈本锁澜阁，也为了逃离讨债的人，带着新婚妻子隐居高野山。因为经济窘迫，夫妻俩不得不过起俭朴的生活，吃的常常只是一汤一菜的简单食物。谷崎一边钻研密教，一边陆续发表了《吉野葛》《盲目物语》《武州公秘话》等作品。

然而，此时生活面临了另一个重大问题。原是千金小姐又受过高等教育的丁未子不会做菜，连米饭都煮不好。曾担任谷崎助手（协助谷崎写《卍》中的大阪腔）

的丁未子同学高木治江就曾提及丁未子因煮饭的事遭谷崎斥责，泪眼汪汪找她商量的逸事。

"谷崎喜欢吃烤松茸，我想做给他吃，放在烤网上烤了，结果全部变得干巴巴的。还有，我想做土瓶蒸给他吃，就把松茸放进冷水里煮了。"

"听起来真是糟糕。老师吃烤松茸的时候规矩很多，从包松茸的宣纸到炭火的火候都有讲究，土瓶蒸也是，不是用鸡骨就是海鳗熬汤头，有很多专业的偏好。你不要挑太难的料理啊。"（略）

"我好痛苦，没有比看到他坐在餐点前却不动筷子更悲哀的事了。"（高木治江《关于谷崎家的回忆》，构想社，1977年）

听起来实在让人同情。只是，谷崎一边过着这样的新婚生活，一边继续与人妻松子夫人往来，从该年底到隔年，先是搬进了根津家的别墅，后来又住进根津家隔壁的房子。松子夫家根津家经营的老店根津清经营不善，家道逐渐没落，谷崎和松子夫人也比过去走得更近。1933 年，谷崎终于与丁未子分居。在松子的影响下，谷崎执笔创作《春琴抄》与《阴翳礼赞》。1934 年两人开始同居。

倚松庵时代

仿佛扮演侍奉春琴的佐助一般，谷崎和松子之间也签订了"主仆契约"：你是我的主人，我是你的男仆。从此之后，我将一人负起侍女、下人和管家的责任，请让我侍奉你一辈子。还因为润一郎这名字太不像仆人，于是由"从顺"一词中取一字自称"顺市"——这些脱离常轨的内容，都写在给松子的信中。

只要能将一生奉献给你，就算因此失去生命，对我而言也是无上的幸福……若无令我崇拜的高贵女性，我就无法创作，直到今天终于遇到这样的你。（1932 年 9 月 2 日）

说的话愈是任性，愈能看出你过去的教养，

看在我眼中你真是愈来愈高贵……与其说是恋爱，不如说是献身的爱，真要说的话对你产生的是近乎宗教情感的崇拜。（1932 年 10 月 7 日）

1935 年，谷崎与丁未子离婚（此时，未曾正式入籍的丁未子要求"至少要有曾是谷崎润一郎之妻的证明"，两人在离婚前还先办理了正式结婚手续，再度成为一桩引起世人瞩目的八卦）。

松子也与根津清太郎离婚，随后谷崎与松子再婚。没想到，就连新婚燕尔之际，谷崎也坚持要把"佐助家家酒"扮到底，顽强拒绝与"主人"同桌而食，一定要等"侍奉完主人后"自己才进食。不只如此，更前往旧货店找来昔日船场一带仆人使用的"春庆涂"漆器餐盒（又名"切溜"），宣言自己今后将与女仆一起用餐。到了这个地步，松子夫人也不得不出面制止，只是谷崎似乎很中意那个餐盒，仍使用了好一阵子。从松子夫人的回忆录《倚松庵之梦》（中公文库，1979 年）中可知，面对谷崎种种逾越常度的作为，夫人虽然感到困惑，但也就当作陪他玩一场大费周章的角色扮演游戏了。

此外，令松子夫人吃惊的是谷崎吃东西速度很快，吃相又难看，说他"用一口乱牙一股脑儿地咀嚼食物，尤其吃肉时，与其说是咀嚼，不如说是撕裂更恰当，吃相堪称壮烈"。松子之妹重子的丈夫渡边明是贵族出身，和谷崎同桌共食时，"听到他的牙齿撞得饭碗'咔嗒'作响时，还以为碗要被他磕破了"。

某日谷崎在神户某寿司店饱食后才回家，当天晚上说的梦话竟是"陆续点了鲷鱼、穴子鱼、花枝、海苔黄瓜卷，最后还问多少钱，付了三圆七钱的食费"，听到谷崎连睡梦中也不忘复诵和寿司店家的对话，松子也不由得愕然。足见谷崎对吃的欲望实在惊人。

隔年的1936年，谷崎发表《猫与庄造与两个女人》，并迁居至神户反高林的"倚松庵"居住。在这里着手以现代文转译《源氏物语》，1939年便发行了《润一郎译源氏物语》。

执笔《细雪》的日子与战争的阴影

不过，当时已进入中日战争（抗日战争）时期，日本政府陆续发布国家总动员法（1938年）与国民征用令（1939年）。接着，大政翼赞会成立（1940年），在军部主导下，战时体制年年强化。

这段时期，反映出一部分谷崎家食材状况的，是他从1940年夏天到隔年寄给老友土屋计左右的好几封信。土屋是上海三井银行分行长，和谷崎是一中时的学长学弟。谷崎在给土屋的信中，好几次拜托他寄味素给自己。

第一封信是1940年7月23日写的，信内提到家中没有味素可用，深感困扰。此外还需要美国Swans Down牌面粉、烹饪用的色拉油、棉籽油或美国制的胚芽油，询问土屋是否能为他寄来一些。

29日，谷崎顺利收到味素和第一饭店的棉籽油。然而，约莫一星期后的8月7日，谷崎再次写信表示"老实说，希望能再请你寄送一打味素来"。这第二次的请求似乎招来土屋某些怨言，下一封信（8月21日）中就能看到谷崎道歉的语句——"正如你所说，今后当然会珍惜使用，一次只用少许。"昭和初期的味素报纸广告有句著名的宣传词是"请诸君速来加入味素党"，谷崎正可说是名副其实的"味素党"。

1941 年太平洋战争爆发，这年 12 月 8 日夜晚，谷崎在做什么呢？原来他和前面提过的美食好伙伴"阿定"（高木定五郎）一起去了上野广小路的蛇之目寿司店。这一带是阿定的地盘，托阿定的福，只要和他在一起就能吃到美食。嗜吃牛排的两人这天吃了用厚片鲔鱼腹肉烤成的仿牛排"鲔排"，和美味的白米饭与滩酒一起享用。以当时食物匮乏的程度来看，这是令人难以想象的奢华美食。担心美军军机来袭的谷崎吃得提心吊胆，阿定却是一点也不在乎。事实上，谷崎本人也提到"危机四伏的刺激感使这夜的鲔排吃起来更加美味"（《关于高血压的回忆》）。

1942 年，谷崎买下位于热海的别墅，在此持续执笔创作名著《细雪》。此时政府已禁用奢侈品，关闭舞厅，各种创作也受到诸般限制。隔年的 1943 年开始，于《中央公论》上连载的《细雪》因为不符合时代氛围，受到军部压力，面临中止连载的命运。在无处可发表的状况下，受中央公论社的岛中社长于物质精神两方面的支援，谷崎才得以坚持完成《细雪》的创作。

V 避难时代

热海别墅与恋月庄

随着战火愈演愈烈，几乎都待在热海别墅工作的谷崎，1944 年春天将家人也从住了二十几年的阪神地区带到热海避难。

尽管处于食物匮乏的战争中，谷崎仍没有停止享用美食。根据《避难日记》（1944 年 1 月 1 日到 1945 年 8 月 15 日）的记载，谷崎的饮食生活堪称绝顶丰盛，教人难以想象身在战时。当住在小田原的女儿鲇子"因为食物不足，一天只能吃两餐粥"时，谷崎住的地方则是"热海因为捕到三万只鲥鱼，食材依然丰富"。尽管无法享受与过去同等程度的奢侈，还是能用地方居民给的海鲜和鸡肉等食材煮火锅，有客来访时也会大肆宴客，怎么看也不像生活在战争中。

别的不说，这部日记开始不久的1949年1月6日，谷崎就和松子、重子等四人一起搭火车到东京欣赏歌舞伎表演。又是忘了带车票，又是赶不上火车，结果白天场的表演大半都来不及看……看似无忧无虑，然而同一天的内容也写到"说是瓦斯使用过度，下午瓦斯公司的人来封了瓦斯口，下一次白米的配给也得等到11日"，两相对照，给人一种奇妙的落差感。

3月3日谷崎与松子一同前往东京，参加笹沼在帝国饭店为孙儿庆祝第一次过桃花节所设的宴席。这场餐会的菜色丰盛得惊人，包括前菜两种、法式清汤、奶油虾配饭、烤牛菲力（牛排）佐蔬菜、烤嫩鸡肉派、时令生菜、蜜桃冰激凌、水果、咖啡。饮料有日本酒、啤酒，还有波尔多白酒（Barsac）。

两种前菜和牛排都非常美味，在东京严重缺乏蔬菜与鱼类的当时，"今夜品尝了惊人的美酒与佳肴"令谷崎惊叹不已。唯独作为甜点的蜜桃冰激凌虚有其名，内容只是三色菱饼上面放了鲜奶油的桃花节传统点心。另外，隔天谷崎初次造访永井荷风的偏奇馆，据他所说，

"感觉就像个鬼屋"。

4月中旬，举家准备搬迁时，开始陆续向关西的邻居寒暄道别。14日在东亚楼举行最后的晚餐会，吃的是鱼翅、蒸肉与蔬菜、炒牛肉、炸海参及鸡肉、乌鱼等，"老实说相当美味"。还用自己带来的米做了炒饭，不够的酒则由越石氏带来补充，众人酒足饭饱、心满意足。

隔天15日，谷崎一家从大阪搭火车出发，前来送行的人们流下惜别的泪水。看着车窗外美丽的成排樱花树，谷崎说"今年得在火车上赏京都的花了，山科一带的花特别美"。打开便当吃的是甜甜圈，打个盹贪睡午觉，不久也就抵达热海。

晚上泡了温泉，在附近的"恋月庄"吃生鱼片和天妇罗。这个恋月庄是距离谷崎热海别墅不远的旅馆，有客来访时经常在此吃晚餐，恋月庄的名字也出现在日记中好几次。

关于热海时代饮食上的小故事，令人印象特别深刻的有两桩。

首先是7月24日，谷崎得知友人阿部德藏（魔术师、作家）患病，于是前往鹄沼探病。带着便当到了阿部家，阿部的家人为了招待谷崎，在物资短缺的情况下勉强准备了蛤蜊汤、煎蛋、炒饭、马铃薯和咖啡等作为午餐。令人困扰的是，阿部身染来日无多的重度肺病（有传染的可能性），却要谷崎坐在自己面前用餐。除此之外，阿部不但对妻子咆哮，还趾高气扬地指使她用谷崎带来的伴手礼面粉煮素汤。对向来崇拜女性的谷崎来说，这般情形看在眼中实为不快。到最后，谷崎终于无法忍受阿部毫不顾忌地当着自己的面高声咳嗽并对着尿瓶尿尿等行为，逃一般地告辞，抱着愤怒与罪恶感回到小田原的长女鲇子家。

碍于阿部的面子，这段逸事在《避难日记》中写得隐晦，后来才在《三种状况》（1960 年）中详细写下还原当时真相与心境。内容感伤，令人感受到身为人类的悲哀。谷崎一方面为阿部辩护，说他那么做并无恶意，一方面愤怒质疑为何曾经教养良好的人会变得如此不懂得体贴。在逃离阿部的病房时，松了一口气的同时，自己的内心也涌现了罪恶感。

"为什么我就是无法改掉自己这恶魔般的性情呢？

来日无多的朋友不过是举止上有一点小小的不礼貌，为什么我会记恨这么久，对这件事这么执着呢？"只要读过《三种状况》里收录的文章，相信一定能够明白谷崎容易被贴上"恶魔"标签的言行举止与思想，绝对不只是那么单纯的东西。

另一个小故事就轻松多了。

仍停留在关西时的 9 月 15 日，众人前往东亚楼晚餐。菜色有鲥鱼冷盘、鱼翅海参汤、炖海参、把泡软的培根炸得像花林糖一样的点心、两尾完整的鲤鱼，饭和酒是从家中自己带去的，还有越石氏送来的一瓶啤酒……

这顿晚餐吃到一半时，发生厨房失火延烧二楼的火灾，连消防车都赶来，引起一场不小的骚动。众人都逃出餐厅了，只有在一楼的谷崎坚持把菜都吃光才离开。一走到外面就有孩童指着他说"就是那个大叔，就是那个大叔"。"他们说我是在火场中淡定吃饭的大叔"。该怎么说呢，这人究竟是神经质还是神经大条，实在让人摸不透，不可思议的是，他对火灾本身似乎并不怎么害怕。

再度迁移至冈山县避难——"你也快来吃"

住在热海别墅避难的生活虽然比较稳定，到了战争末期的 1945 年，连这一带的情势也变得危急。一旦美军从骏河湾或远州滩边登陆，热海街道可能就会无法通行。除此之外，谷崎家也面临经济上的问题。

由于热海食物不予匮乏，总是改不掉奢侈度日的毛病，积蓄以惊人的速度一天天减少。改掉奢侈浪费的坏习惯是当务之急，为此最好搬到偏僻的地方。不、不是最好，而是有非这么做不可的必要。(《三种状况》)

就在考虑从热海搬到冈山附近避难时，老友冈成志（前《朝日新闻》的记者作家）于 3 月 23 日从东京来访。这天遇上鲕鱼大丰收，又因为没有方法运到东京所以剩了很多，多到整条通往别墅所在地西山的上坡路上都是鲕鱼血水。嗜吃鲕鱼的冈来得正好，饱食了一顿鲕鱼大餐。"谷崎住的地方有许多好东西吃，真令人羡慕，东京什么吃的都没有，这样下去随时会饿肚子。"冈这么说着，并表示自己打算撤到津山附近的月田投靠亲戚。冈这番话无疑在早已打算再次搬家避难的谷崎背后推了一把，也下定决心撤到冈山县的津山。

很快地，早一步撤退到月田的冈寄来附上图画的信。

信上以原子笔画着餐盘的图案，餐盘上放了两三种配菜，有卤蜂斗菜、竹笋凉拌山椒嫩叶等等，用小盘子装着，信上一一注明这是蜂斗菜、这是竹笋。

"你也快来吃。"冈还在信中如此写着……或许是画得看起来太好吃，食欲大大受到刺激的谷崎遂下定决心前往津山。

这封信简直是给"食魔"谷崎的邀请函。

谷崎一家决定暂时住到津山市的松平家别邸"爱山宕宕庵"。这是重子之夫，出身松平家的渡边明兄长松平康春所继承的房子，谷崎一家靠渡边明的关系承租居住。之后的事等搬过去再做打算，唯一能够依靠的就是前述老友冈成志了。

5月6日，在恋月庄吃热海的最后一顿晚餐。端上桌的食物有黄条鲕生鱼片、奶油烤鲭鱼，还有从梅园送来的壶烧蝾螺。加上从网代带回来的土产小鱼干和二十条鲭鱼干，以及隔壁山县别庄的妇人送来的两合多仓出酒。

费了好一番功夫才买到往冈山的火车票，15日抵达津山。前来迎接的是松平家旧臣得能静男，谷崎一家在此受到无微不至的款待。

17日，谷崎前往月田和冈成志见面，不料等待他的却是因营养失调而极度衰弱、卧床不起的冈。地方的医生多被征召出征，使他无法得到适当的治疗。谷崎直觉冈已来日无多。冈的妻子费心招待的茶点，是连一点砂糖甜味都没有，只用鸡蛋和味噌做成的松饼。中午吃的是用蜂斗菜、杂鱼和竹笋拌成的五目饭和青菜蛋花汤。因为内心难受，心想赶紧吃了饭就离开吧，此时，冈突然说话了：

"谷崎兄，有事想拜托你。"

"好、好，什么事？"

"不好意思，可否请你把我抱起来……想请你帮忙，从后面扶着这里，扶我坐起来。"

我按照他说的，伸手扶着病人背部抱起他的上半身，让他靠在相叠的枕头上。

"这样可以吗？"

"谢谢你，这样就可以了。谷崎兄亲手扶我坐起来，这件事我一辈子都不忘记。"

虽然是真正发生过的事，也是宛如小说般令人感伤落泪的一幕。五天后，谷崎收到告知冈成志死讯的电报。对谷崎而言，除了失去冈这位宝贵的老友，也失去避难到冈山来后唯一能依靠的对象，不免大受打击。

得知冈兄死去前一天曾说"对谷崎很抱歉"，想到老友这么挂念自己，反而觉得让他担心，内心歉疚不已。一个多月后的7月7日，我得以从津山搬到胜山新町小野春氏家的两层楼别馆，在那里安稳度过终战那年夏天到秋天的日子，也都是拜冈兄未亡人依故人遗愿，拜托表弟土井武氏从中斡旋所赐。

正如上述，谷崎家最后在冈成志未亡人帮助下落脚胜山新町，安稳地住在这里，直到战争结束。

与永井荷风同桌共食的终战前夜

同一时期，永井荷风也撤到冈山避难，6月29日冈山遭空袭，担心荷风安危的谷崎和他接连通了几封信。

两人实际碰面是战争即将结束的8月13日。谷崎带永井到住家附近的赤岩旅馆，14日中午请他吃东京口味的红豆饭，晚上两人一边吃寿喜烧一边喝酒。这天的事，谷崎的《避难日记》和荷风的《断肠亭日乘》都有提及。

8月15日，战争结束。这时谷崎已六十岁，为了收听正午广播的天皇"玉音"跑到对面人家，收音机的声音却听不清楚。回家后，正在读荷风的《自言自语》原稿时，松子走过来说："刚才听警察说，天皇陛下在广播中宣布日本接受无条件投降了。"半信半疑的谷崎情绪激动，此时正好听到三点的广播，确定了此事无误。日记中只写到"家人也听了三点的广播，众人泪眼滂沱"，未有关于谷崎本身的心情记述。《避难日记》最后以"本日正午后一切空袭停止，最后一次攻击发生在昨夜的福山市"结束全文。

战争结束后，谷崎仍短暂停留在避难地冈山，直到1946年才返回京都。这期间写的日记是《越冬记》（1945年12月1日到1946年3月17日），日记中记录了每天吃的东西。由于一一列举将列举不完，在此只介绍1946年元旦，渡边明从北海道带来的珍贵伴手礼。

盐渍鲑鱼两尾、熬汤用昆布半年份、渍鲱鱼一桶、海胆一瓶、盐渍花枝内脏一瓶、烟熏花枝少许、花鱼咸鱼干数条、沙丁鱼咸鱼干数十条、装满一个便当盒的火鸡料理、奶油数磅、几种罐头和香烟、巧克力、砂糖、葛粉，以及去年八月之后的美国杂志 *Life*、*Time* 及 *Esquire* 等。

Ⅵ 京都时代

两座潺湲亭

由于位于神户鱼崎的自宅在战争时遇到空袭失火烧毁，战后谷崎遂决定定居京都。1946 年起住的左京区南禅寺下河原町住处是为"前潺湲亭"（"潺湲"指的是河水流动的样子）。住在这里时发表了《细雪》中集（1947 年），并完成《细雪》下集（1948 年）。

1949 年，谷崎举家迁居京都市内下鸭泉川町，这座称为"后潺湲亭"的宅邸是一座占地六十平方米的大豪宅。宅邸邻接下鸭神社的纠之森，日式庭园里有池塘、瀑布，还盖有茶室。谷崎带着妻子松子及松子之妹重子、女儿惠美子住在这里，也让儿子清治及媳妇千万子住在宅邸里的别馆，家中固定雇用几名用人，人丁兴旺。在这栋四季各有不同风味美景的风雅宅邸中，谷崎执笔写下《少将滋干之母》（1949年）及《润一郎新译源氏物语》（1951—1954年）。

关于住在京都潺湲亭时的饮食生活，散见于随笔作品《"潺湲亭"之事与其他》（1947年）及《京洛当时》（1949年）等作品。

1946年5月，谷崎在南禅寺瓢亭附近发现"无肠之墓"，感叹自己长年到瓢亭用餐，竟不知上田秋成之墓就在此地，对故人甚感歉疚。

1947年4月15日下午，谷崎带着冷酒与便当赏花。便当菜色有高汤蛋卷、竹笋、高野豆腐。参加了熟人的茶会，接受茶点款待。17日，在茶会上获得和辻夫人送的茶。傍晚前往清流亭与众人聚餐。30日，上午前往国井夫人处，分来了一些酒，晚上接受奥村氏招待享用晚餐，菜色有鸡肉寿喜锅和鲷鱼生鱼片。5月1日，参观市田氏的庭园，除了瓢亭外送的餐点外，还享用了鲋鱼和海鳗寿司。8日，接受国井夫人招待，吃的是绳手的京星座敷天妇罗，十分美味。7月24日是谷崎的生日，吃了蛋糕和冰激凌，晚上还煮了红豆饭……

这样看下来，仿佛为了补偿战时食物的匮乏，受到压抑的食欲获得解放，不是赏花、参观庭园就是上高级料亭，享受着京都一流的奢华美食。

治疗高血压

话虽如此，谷崎也已六十多岁，除了年轻时就罹患的糖尿病，上了年纪之后更受高血压所苦。

他找了大阪大学附设医院的布施医师，接受从患者手臂静脉采取自身血液注入大腿的"自体血注疗法"。从 1947 年住在下河原时，到 1949 年初搬到下鸭，花了整整三年接受这种治疗，这段时间血压通常保持在 160 上下。之后谷崎再次过起老饕的生活，贪吃美食，也重新开始饮酒。然而……

从 1950 年、1951 年到 1952 年春天，表面上没有太大问题，我的身体看起来健康无碍。（略）

实际上，我的健康状态正逐渐濒临危险。只因外表看来健康，不知不觉就大意了起来，得意忘

形地大啖美食，后来才知道血压同时不断亢进，大吃的当下却是浑然未察。（《关于高血压的回忆》）

这时期的大意疏忽与不健康的饮食生活，在日后六十七岁时反扑，使谷崎大大吃了苦头。

偏爱名演员第六代菊五郎

第六代尾上菊五郎是谷崎特别偏爱的著名歌舞伎演员。大正时代，菊五郎与初代中村吉右卫门共同活跃于市村座，建立了"菊吉时代"与"二长町时代"。在谷崎的小说与散文中经常都能看见菊五郎的名字。

1949 年 7 月 10 日，菊五郎于六十五岁时过世。谷崎在《关于高血压的回忆》中提到"他也是个相当贪食的老饕，无视医师提出的禁忌，过着极不养生的生活"。

巧合的是，在菊五郎死前五六日，谷崎正好从热海出门来到东京，和朋友在银座散步时，忽然想与菊五郎见面，便前往筑地菊五郎家探病。市川三升（后来受追赠为第十代团十郎）也陪在病床边。当天第六代菊五郎脸色虽差，人倒还有精神，说了些"等病好了要演什么什么"之类的话，看起来一点也不像重病将死之人。临终之际，菊五郎念着想吃最爱的桃屋花薤，可惜正值战后混乱期而停产，虽然买了其他品牌的腌薤给他，他却连碰也不碰，就这样逝世了。

后来，谷崎于菊五郎逝世两年后的忌日请来同为戏迷的笹沼夫人及其女儿们，在家中举行"菊供养"，怀念这位昔日的著名演员。

年轻时的谷崎除了深受菊五郎美貌吸引外，也曾自负长相与菊五郎有几许相似，显露其自恋的一面。同为好吃的美食家的第六代菊五郎之死，一定让他相当难过。

Ⅶ 热海·汤河原的晚年时代

雪后庵·湘碧山房

《细雪》成为畅销作品，收到丰厚版税的谷崎在热海买了别墅，取细雪的"雪"字，为新居取了"雪后庵"之名。（1950 年在仲田住的是"前雪后庵"，1954 年迁居伊豆山鸣泽的则是"后雪后庵"）。

谷崎虽打从心底喜爱京都，衰老的身体却承受不了京都的酷暑极寒，为了健康着想，不得不下定决心搬到气候温暖的热海。1956 年，常年的关西生活就此画下休止符，卖掉京都潺湲亭，定居热海。

这段时间，尽管一边受高血压、右手麻痹与狭心症所苦，谷崎仍精力十足地创作了《钥匙》（1956 年）、《梦之浮桥》（1959 年）及《疯癫老人日记》（1961 年）、

《厨房太平记》（1962年）等作品。

到了1964年，为了寻求更清幽闲静的环境，再次搬迁至神奈川县河原町，新居名为"湘碧山房"。这里成为谷崎生命中最后的居所，在这里，他第三度着手转译《源氏物语》，以口述笔记的方式完成《润一郎新新译源氏物语》。

对抗高血压

"事件"的前兆发生在1952年4月，笹沼与其家人造访热海"前雪后庵"时，谷崎招待来访的笹沼一家人前往西山的"重箱"吃鳗鱼，在那里吃了许多大串烤鳗鱼，看得笹沼的儿子宗一郎担心地问"世伯这样吃没问题吗"？

宗一郎的担忧，在两天后成真了。

4月4日，为了去新桥演舞场观赏表演而前往东京时，在新桥站打算从架上拿下行李的谷崎"身体出现某种异常状况""一种非同小可的状态袭击全身"。在日赤病院当医生的外甥立刻赶来，一量之下血压高达240。

在福田屋旅馆静养了九天，总算平安度过。然而，走路时开始拖着右脚，病况也急速恶化。发烧、晕眩、身体不适……其中最可怕的是时而出现记忆空白的现象，或是忽然想不起正在和自己说话的人叫什么名字。身为一个人、身为一个作家，没有比这更可怕的事了。

自出生到六十六岁，几乎不曾为病痛所苦的我——从这时起，与病魔展开一场漫长、痛苦又悲哀的抗争。青年时恫吓着我的"死亡恐惧"，此时想来不过是一种神经过敏，直到这时才真的进入死亡随时可能来袭的境界。(《关于高血压的回忆》)

7月24日的庆生会上，"在家人朋友的围绕下，晚餐吃了带头鲷鱼、白味噌汤，烤了从京都送来的早松茸和加茂茄子，喝的是中央公论社送的生日贺礼葡萄酒和苦艾酒"，但是谷崎的心情却不甚开朗。

仿佛为了忘却与病魔抗争的痛苦，谷崎一股脑地投入《源氏物语》新译本的翻译工作之中。当时的书房位于宅邸偏房，得通过一条长廊才能抵达，谷崎走在长廊上经常头晕目眩，每次站在檐廊边套上木屐拖鞋时，身体都踉跄不稳。病况传出去后，世间甚至出现"谷崎来日不多，源氏译本的后半部好像要换人写了"的谣言。得知此事，谷崎半是逞强地坚持继续工作。

1953年，在阪大的西泽义人医师和京大的前川孙二郎医师致力医治下，病状得见好转。1954年，花费四年苦心撰写的《源氏物语》新译本终于完成。之后，1955至1958年的数年期间，是谷崎自认"上了年纪后健康状态最好的时代"。

每逢春天或秋天，在京都北白川妻妹家度过的日子最为快乐。4月先聚集友人在鸣泽雪后庵后庭举办赏花宴会，结束后，趁平安神宫红枝垂还盛开时前往京都，已成了每年的例行公事。吃的全都是美味的食物。人家分送来的京都丹熊日本料理和东京小川轩的牛排滋味最是难忘。喝酒时则对象一次可喝超过一合或将近两合之多。

就像这样，回忆着最爱的美食。

《花就要赏樱，鱼就要吃鲷》

晚年住在热海汤河原町时期的饮食生活，谷崎以几乎基于事实的文字实录于描绘谷崎家帮佣的小说《厨房太平记》中。同时，在渡边千万子的《落花流水》（岩波书店）和渡边太织的《花就要赏樱，鱼就要吃鲷》两部回忆录中都有详细描述。松子夫人将与前夫根津清太郎所生的长男清治过继给妹妹重子做养子，因而从渡边姓。清治与妻子千万子的孩子便是渡边太织。清治与千万子新婚不久到生下太织，以及太织的幼年时期，一家人都与谷崎家人同住在潺湲亭。其后每逢暑假与寒假等假期，也会长期在热海汤河原町的家度过。太织虽是与谷崎没有血缘关系的孙女，在饮食方面的嗜好却受到谷崎的极大影响，展现出不输祖父的"美食家"姿态（留下了诸多轶事，例如上小学时不吃学校营养午餐，老师问她喜欢吃什么，回答竟是惊人的"煮鲷鱼骨和酒蒸甘鲷"）。

关于谷崎对饮食的热情与执着，太织在书中写道：

"无论是观赏歌舞伎还是赏花，只要是祖父认定的事，就非得定为每年家中的例行公事才肯罢休。"

即使是醉心关西"上方"文化的谷崎，在饮食上也有身为东京人绝对不肯退让的口味，像是不吃切成条状的关西口味腌萝卜，因此家中固定备有两种腌萝卜，一种是松子夫人等人吃的关西口味的，一种是谷崎吃的切成圆片状的关东口味的。此外，寿喜烧的调味也不能是加入砂糖的关西口味，每次煮寿喜烧时，谷崎一定先吃完后才说"好了，可以加砂糖了"。

谷崎家的一日餐桌

根据《落花流水》和《花就要赏樱，鱼就要吃鲷》的记述，谷崎家典型的一日餐桌风景是这样的（从潺湲亭时代到雪后庵时代几乎没有改变）。

谷崎早上起得早，先到书房工作，直到七点或七点半才前往饭厅。渡边家是上班族家庭，早上也习惯早起，因此谷崎吃早餐时松子等人多半还在睡，陪他吃早餐的通常是千万子。吃的东西有面包、牛奶、红茶和时令水果等。谷崎总说别人削好的水果温温的很恶心，绝对不让人为自己削水果。即使因生病而右手不方便活动，依然坚持自己削水果。因此，通常只吃桃子、柿子或无花果等不用削皮的水果。

十点多，松子和重子等人也醒来了。有时吃面包和牛奶咖啡，有时吃米饭配烤鱼。女人们叽叽喳喳聊天，吃完早餐后便悠闲地喝茶，有时一直在餐桌边坐到午餐时间。看着这样的叙述，轻易就能想象当时的光景。

到了午餐时间，谷崎再度来到饭厅。中午比较常吃的是面类，例如荞麦面、乌龙面、鲷鱼面线等，都是谷崎家中午餐桌上常见的菜色。

在这个家，决定午餐和晚餐内容的不是主妇，而是男主人谷崎。有时视当天的心情决定吃什么，有时刚好收到人家送的肉或鱼……大致上都按照这样决定。以顺序来说，多半是以"晚上要吃牛排所以中午吃清淡点"的方式回推，先确定最重要的晚餐后再倒过来思考最适当的午餐。谷崎决定一两样主菜后，思考剩下的配菜和汤则是重子的任务。有时也会询问常去的餐厅"和可奈"当天有什么菜，再配合着做决定。

三点是吃点心的时间。常吃的有热海的餐厅"蒙布朗"的芝士吐司、"洋果子三木"的饼干、兰朵夏饼干、冰激凌……有时也配合季节吃从日本各地买来的点心，比方说来自京都"松屋"的味噌松风①、"道喜"的糯米粽，或是来自冈山初平的水蜜桃、来自金泽"森八"的和果子、来自中津川"醋屋"的栗子金时，以及来自东京"空也"的和果子等。

　　晚餐准时六点半开动。所有人都要正式打扮，准时到餐桌边集合，否则谷崎就会不高兴。因此，每天一过六点，女眷们纷纷忙着补妆打扮，忙得不可开交。

　　　说是美学意识未免有些夸张，但谷崎无论是对用餐这件事，还是对食物及制作食物的人都怀有一份敬意和礼貌。家里吃饭时除了谷崎之外都是女人（外子通常还没回家），如此被大家包围，吃着多得吃不完的食物，他的心情就会很好。濑户内寂听老师说"那不就是《源氏物语》里六条院的生活吗"？原来如此，确实有道理。（《落花流水》）

① 加了味噌的蜂蜜蛋糕。——译者注

光源氏把偌大的宅邸分成春夏秋冬四个町区，分别让紫姬、明石姬君等夫人居住，谷崎是把自己当成了这样的光源氏吧。

谷崎拥有每日菜单决定权这件事非常耐人寻味。以一般家庭来说，餐桌上的菜色99%是主妇掌权的。不只如此，他决定的通常只有最好吃的主菜，其他配菜如何，营养是否均衡，家计是否足以支付等细枝末节的琐事则不在他考虑之列，完全丢给其他人操心。换句话说，他只是餐桌上的艺术导演，重子扮演的则是助理导播的角色。要求女眷们吃晚餐时精心装扮，也可说是为了完成"饮食艺术"的"表现手法"。要说任性的确很任性，谷崎始终贯彻着"自己吃的东西自己决定"的基本态度。

和网络购物发达的现代不同，更别说住在偏远地带，要对食物彻底坚持到这种地步，不是特定地方买来的东西就不吃，肯定花费了一番难以想象的精力与工夫。

尽全社上下之力，为谷崎提供物质与精神双方面支援的中央公论社，社长嶋中雄作与其子鹏二始终致力于打点"谷崎老师的饮食"。在那个时代，为谷崎家厨房搜罗食材甚至是中央公论社秘书科的重要任务。有时是社员搭火车将食材送到热海，有时甚至得托人将食材以近乎特技的方式抛入车站（宫本德藏《润一郎嗜好》）。

谷崎最后的宴会

1965 年 1 月，谷崎接受手术治疗前列腺肥大症，出院后复原状况良好。他无视医生对过食饮酒的禁令，5月前往京都渡边家小住，精力十足地四处吃遍丹熊及飞云等爱店。7 月 24 日更是隆重地举行了虚岁 80 岁的庆生派对。在松子夫人《倚松庵之梦》中提及：

> 阿布（引用者注：指的是宫内义治）亲自冰过祝贺用的香槟，先为外子斟酒。这些人的伙伴观世荣夫因为工作不能来很是遗憾，于是就说让孙子桂男代为斟酒，众人同声道贺，他将香槟一饮而干。料理纷纷端上桌，他又一一发出赞叹，豪迈的吃相

令人在一旁看得着了迷，为他依然健在的食欲感到欣喜。尤其是牡丹海鳗（将剁碎的海鳗裹上葛粉汆烫后入汤）是他最爱的食物，一端上桌就以惊人速度吃光。

这天谷崎时隔 20 年喝到了香槟，还和亲朋好友欢聚一堂，心情大好。

然而，隔天他的身体状况突然恶化，书中并未详细叙述原因，但推测是前一天的庆生会中的过食与饮酒造成。

虽然病榻上的谷崎不断嚷着"我得起来写小说"，最后仍于 7 月 30 日因并发肾衰竭与心脏衰竭逝世。书桌上留下写有"天儿阿含 御菩萨魑魅子阙伽子"等长串奇妙人名的创作笔记，直到离世之前仍展现旺盛的创作欲。

贪恋世间美味，从中创造出美丽诡谲的文学世界的谷崎润一郎。他的一生充满"对吃的执着"，直到生命的最后一刻，都活得精彩，也吃得痛快。

附录 ①

谷崎的爱店

· 丹熊北店（京都市中京区西木屋町四条上纸屋町）

1928 年创立于高濑川边的怀石料理店。店名分别取自创办人栗栖熊三郎的名字，以及他曾拜师学艺的老店"丹荣"。继承了配合季节使用不同河鱼入菜的生洲料理传统。

对谷崎来说，丹熊是在京都回忆最多的一间店。必点的食物有薄切鲷鱼生鱼片，搭配红叶萝卜泥①、青葱和橘醋酱食用。夏天则必吃盐烤香鱼和烤海鳗，另外，海鳗寿司也是他喜欢的食物。春天吃竹笋，秋天吃松茸，东京吃芜菁蒸鱼或全鳖火锅。

谷崎喜欢靠在吧台墙边的位置，这里是他的"指定

①　辣椒与萝卜一起磨成泥状的作料。——译者注

席"。从这里可以把厨师穿着高脚木屐在吧台里利落烹饪的动作看得一清二楚。大厨拥有惊人的记忆力，熟知每个客人的喜好，什么都不用多说，他就会端出客人想吃的料理。

· **瓢亭**（京都市左京区南禅寺草川町）

京都具代表性的高级怀石料理店，始于距今约四百年前，一个叫作高桥嘉兵卫的人在南禅寺境内的"门番所"（负责扫除道路或为参拜者引路的人驻守处），开设了招待旅人与参拜者的门前茶屋（又称腰挂茶屋）。幕府末期的"花洛名胜图会"中也可看到这间茶屋的店名。

瓢亭的传统名产是"瓢亭玉子"。鸡蛋在江户时代属于珍贵食材，一般人也很少以水煮蛋的方式食用鸡蛋，因而在当时蔚为珍稀。夏天的名产则是"朝粥"。原本专供一班在祇园町玩乐至早晨才回家的老爷食用，以滋味浓厚的汤头熬煮，再淋上吉野葛调制的勾芡。冬天则供应以鹑肉炖煮的"鹑粥"。

谷崎第一次造访瓢亭是 27 岁那年，也就是 1912 年前往京都旅行时。"说到京都第一流的餐厅，就得先提瓢亭与中村屋""总之，东京人都该尝一次瓢亭的料理。对食物口味的喜好虽因人而异，这间店绝对不辱其西京第一流的名号"(《朱雀日记》)。就像这样，即使当时谷崎尚未爱上关西料理，唯独对瓢亭的料理赞不绝口。

· Izuu（京都市东山区八坂新地清本町）

创立于1781年，店名来自第一代店主泉谷卯兵卫的名字。这里的名产鲭鱼寿司是江户时代京都人于喜庆节日所吃的食物。这也是一间与茶屋颇有渊源的店。谷崎只要前往京都，一定买Izuu的寿司作为观赏歌舞伎表演等的便当。他最喜欢的是用明石鲷做的棒寿司和散寿司。

日后，松子夫人曾提过这么一桩趣闻。有一次，谷崎夫妻和家中帮佣的阿菊一起看在南座上演的松竹新喜剧，戏码是《桂春团治》(由涩谷天外主演)。当时也跟Izuu订了外送的半月便当，到了约定的时间却迟迟不见送来。在谷崎满口"太慢了，太慢了"的抱怨声中，舞台转暗换幕时终于送来了。不顾松子夫人"灯光就快亮了，等一下再吃吧"的劝告，谷崎迫不及待地吃了起来。灯光亮起后，见松子与阿菊打开便当，谷崎问："阿菊那盒放了银纸的是什么？""是昆布腌寿司。""我连银纸都吃了！"

· **鸟居本**（京都市东山区祇园町南侧）

在长崎传来的桌袱料理中加入京都料理及普茶料理①，形成独特的祇园料理。鸟居本就是供应这种祇园料理的茶屋。端上桌的是附有抽屉的托盘，打开抽屉，里面是黑漆小盘与小钵，将料理分装到这些餐具中食用。根据渡边太织描述，谷崎很喜欢这种类似玩家家酒的方式，或许因为能够少量享用各种不同美味的餐点吧。

· **银阁寺 山月**（京都市左京区净土寺上马场町）

外送京都料理。玄关挂着谷崎本人为山月亲手染的包袱巾，上面题有谷崎的诗句"我这个人的心，唯有我自己明白，外人皆不知"。

· **滨作总店**（东京都中央区银座七丁目）

1942年于大阪新町创立的高级日式料理屋。1928

---

① 江户时代从中国传到日本的素食。——译者注。

年在东京银座开了提供吧台席的"滨作总店"。

一如小说《疯癫老人日记》《过氧化锰水之梦》中的描写，谷崎本身非常喜欢吃滨作的海鳗料理。

至于中国菜（中华料理），谷崎分别在东京、京都和神户都有固定的爱店。

东京是"楼外楼"，这里提供地道中餐。京都则是"飞云"，经营者虽然是中国人，建筑物却是京都风格，食物也偏向京都风味，以清淡的调味为主。神户的爱店是在元町的"牡丹苑"。谷崎喜欢吃的菜色有鱼翅和燕窝汤，也经常吃北平烤鸭。此外，每次必点的还有海蜇皮、皮蛋和东坡肉。

另外，在神户常去名为"Highway"的餐厅吃西餐。这是根津清商店经营恶化时，朋友们为了支援根津家而开的店，命名者正是谷崎。请来在大阪"阿拉斯加"餐厅的厨师担任主厨。住在京都潺湲亭时，即使身体不适什么都吃不下的时候，还是会"如果是 Highway 的法式清汤就吃得下"，请人去买回家。

只要去神户就一定会买的是位于 Tor Road 的名店

"FREUNDLIEB"的面包，还有"DELICATESSEN"的芝士、"丸十"的香肠。另外，谷崎也爱吃青辰的穴子鱼寿司。据说是非常受欢迎的店，常常早上开店不久就卖光了，下午连店门都不会开。

附录②

谷崎润一郎食谱——《阴翳礼赞》中柿叶寿司的做法

关于食物的文字描述虽然庞大，谷崎唯一连食谱都介绍的只有在《阴翳礼赞》结尾登场的料理。让我们一起来试着制作吉野山传统的柿叶寿司吧。

①以一升米配一合酒的比例煮饭。在饭锅喷发蒸气时倒入酒。

②饭炊煮好后，放到完全冷却，在手上沾盐后捏紧。此时的秘诀是手上不能有一滴水分，只能用盐捏饭。

③将盐渍鲑鱼（新卷鲑）切成薄片，放在捏好的米饭上，再用柿叶包起来。此时柿叶的表面朝内。包之前必须先将柿叶和鲑鱼都擦干，不能有一丝水分。

④包好之后，再将寿司放入预先准备好的容器（寿司桶之类的）。放入之前容器必须完全干燥，放的时候不留一丝空隙。盖上盖子后，再压上重物（比方说渍物石）。

⑤晚上做好，差不多隔天早上就能吃了。当天内吃最美味，放两三天也还可以吃。吃的时候蘸蓼醋吃最是美味。

这是经由曾去吉野之里游玩的朋友传授的做法。"鲑鱼油脂与盐分以最适当的比例渗入米饭，鲑鱼本身变得如同生鱼片一样柔软时的状态，真是笔墨难以形容。"据说某年夏天几乎只吃这个度过。

柿叶寿司的由来，是在冰箱尚未发明的时代，为了将鱼肉运到远处而不腐坏，事先使用盐渍方式保存。要将在熊野滩捕到的鱼翻山越岭运到远方或纪川沿岸的吉野，都需要好几天的时间。等运到目的地时，盐分渗入鱼肉，咸得无法食用，因此当时的人才想出将盐渍鲑鱼或鲭鱼削成薄片，放在米饭上享用的方式。流传至今，说到吉野柿叶寿司的鼻祖老字号，就是老牌寿司店"平宗"了。

结语

当个“食魔”吧

这桌名为“谷崎润一郎”的全席大餐，各位享用得如何呢？

过去谷崎自称“食魔”，尽管如今该词已几乎不在一般人口中出现，笔者认为不妨可与“美食家”“老饕”等名词放在一起重新检视一番。

“食魔”或许不像“美食家”听起来有品位，也或许不像“大胃王”那般单纯易懂。然而，每个人心中必定都有一个食魔沉睡，不时蠢蠢欲动得令人拿他没辙。

假设这个周末你将参加烤肉派对，现在明明还是星期三却已迫不及待周末的到来，脑中满是肉汁烤得嗞嗞作响的烤肉气味与烟味，光是想象就忍不住要滴下口水。那么，这个当下的你就是食魔。沉浸在最爱的咖啡香气中，享受至高无上的幸福时，“真想和好吃得要死的芝士蛋糕一起享用，不，还是改成蒙布朗蛋糕好了……"如此犹豫起来的你，也即将化身食魔。只要一闲下来就满脑子都是食物，明知这样的自己很愚蠢，却还是爱吃得不得了。这么想的时候，毫无疑问地，你已经是个食魔。

"兴趣是阅读、看电影，还有成为食魔。"在职场上或相亲时可以用这句话形容自己，"现在肚子饿吗？""当然！完全进入食魔状态！"这种轻松随性的说法也不赖。一边瞻仰稳坐大魔王宝座的谷崎润一郎，一边开心踏上满布荆棘的食魔之道吧。